快进人生

吴忠全／Wu Zhongquan
著

中国工人出版社

图书在版编目（CIP）数据

快进人生 / 吴忠全著. -- 北京 : 中国工人出版社, 2022.2
ISBN 978-7-5008-7813-1

Ⅰ. ①快… Ⅱ. ①吴… Ⅲ. ①长篇小说—中国—当代 Ⅳ. ①I247.5

中国版本图书馆CIP数据核字（2022）第026242号

快进人生

出 版 人	王娇萍
责任编辑	姚 宁
责任印制	黄 丽
出版发行	中国工人出版社
地　　址	北京市东城区鼓楼外大街45号　邮编：100120
网　　址	http://www.wp-china.com
电　　话	（010）62005043（总编室） （010）62005039（印制管理中心） （010）62379038（社科文艺分社）
发行热线	（010）82029051　62383056
经　　销	各地书店
印　　刷	三河市万龙印装有限公司
开　　本	880毫米×1230毫米　1/32
印　　张	7
字　　数	150千字
版　　次	2022年3月第1版　2022年3月第1次印刷
定　　价	40.00元

作为一个作者，你最好把精力集中在你真正感兴趣的东西上，因为每部作品都将拿走你生命的一部分，而生命是短暂的。

1

睡梦中，总会梦到有一缕光，从宇宙摸不清的角落里出发，穿过广袤的黑暗，擦过无数的小行星，透过厚重的大气层，绕过高原雪山，掠过寻常人家的屋檐，最后终于落在了我的身上。我在那光里孕育，生长，开枝散叶，见识乾坤，轰然倒塌。然后那光，也并没有收回去，而是仍旧落在那三尺天地里，照着与我无关的日子，永远永远。

我从睡梦中醒来，微微睁开眼睛，看着那光落在我的睫毛上，脸上的绒毛也有了细微的触感，暖洋洋的，让人忍不住又想合上眼睛。但我没有再次陷入这温柔的诱惑之中，费了些力气把眼睛睁大，看着公园里有些不知名的树开出了花朵，香味混着温热的空气往鼻子里钻，春天果然来了。

我在长椅上挪了挪身子，算是彻底地清醒过来，发现身边还放着吃剩了一大半的面包，应该是不太好吃才会剩下这么多吧，但我也懒得再去确认了，便全都掰成碎块扔给了草坪上的猫。

本子和笔放在长椅的另一边，我拿起本子翻了翻，上面记录着乱七八糟的文字碎片。我把本子放在膝盖上，继续靠在长椅上发呆，刚才就是因为发呆才睡着的。我有时可以发上一整个下午的呆，因为我什么要紧的事都没有。

有人说过，一个二十多岁无所事事的年轻人，多半会把自己想象成一名作家。这话说得没错，上星期家庭聚会时我还这么介绍过自己，然后换来一阵笑声，父亲笑得最大声，他以为我在调节气氛讲笑话，笑得汤都从嘴角流出来了。我是个大度的人，本不想在意，可多少还是有些在乎，所以离开了餐桌，把自己关在房间里，谁叫都不开门。

我没哭，我躲在里面写了个短篇小说，讲述父亲因嘲笑我而嘴巴爆炸的故事，文中极尽讽刺，把我这些年听过的风凉话都写进去了，也因此第一次写得那么顺畅而有快感，写完甚至还有了些微醺的晕眩感。之后便趁着热乎劲，投给了退过我几十次稿子的编辑，可到现在他也没给我回信，所以此刻我已经不对那一个晚上写出来的东西抱什么希望了。

但经历过这几十次的退稿，我也算捋清了一些头绪，觉得自己不应该再去写短篇小说。短篇小说不是截取生活的片段就是抖机灵，这都不是我的长处，我应该调整自己的创作方向，把重心转移到长篇小说上来。那种把一个故事不疾不徐地展开，不因篇幅而焦急仓皇，让人物娓娓道来的方式，更是我喜欢的感觉。我虽没有经验，但也不知哪里来的自信，就是觉得自己能够完成，也能够写得精彩，这可能也是源于年轻吧，年轻人总会有些盲目的自信和笃定。

于是我开始整日坐在公园的长椅上，构思我的长篇小说。我想了几百个开头，统统都写了下来，可并没有哪一个能延续下去，也没有哪一个能让自己感受到新意，而时间就这么哗啦啦地溜走了，是再年轻也抵挡不住的光阴虚度，那种焦躁的心情，就如面前那只没有抢到面包的猫一样，不是百爪挠心，而是恨不得去挠死其他的猫。

“我是一只猫，我想挠死其他的猫。”我把这句话作为新的开头写在了本子上，然后又觉得这是什么玩意儿？正准备重重地画掉，这时一个戴着帽子的老头站定在了我身旁：“小伙子，我在这坐一下不妨碍你吧？”这声音很熟悉，和大多数老年人都相似。我抬眼看了看他，不像个坏人，可再多看一眼，就觉得有些奇怪，他正牵着另一个老头儿，那个老头儿很矮，神情却有着老年人不该有的轻佻。

戴帽子的老头儿松开“轻佻”老头儿的手，“轻佻”老头儿指了指远处草坪上的几条狗，戴帽子的老头儿点了点头，“轻佻”老头儿就朝狗走去，那背影是想要快步却快不起来的笨拙。

这一切让我觉得有些好奇，想着这一对老 gay 要干吗？我对 gay 没有任何的成见，只是不明白他们来到我身边要做什么？我往一边挪了挪身子，老头儿颤颤巍巍地坐下来，眼睛盯着我的本子看。我燃起了些作者的羞涩，急忙把本子合上，但还是被他看到了。

“你是在计划虐猫？”他表情惊讶却又语调平静地问道。

我急忙摆手：“不是不是，就是突然的灵感。”

“突然有了虐猫的灵感？”他更加奇怪。

“不是。”我有些泄气了，懒得和这种老人讲事理，甚至有点后悔让他坐下来，但事情已经发生了，我不能赶他走，也懒得说谎了，只得说出实话，“我是在写小说。”不知为何，每次说出这种话，就感觉整个人都缴械投降了。

“哦。”这是最常听到的回应，“那写得怎么样了？”这是最常见的假客套。

我想说关你屁事，但又觉得没礼貌，人也是奇怪，总喜欢对陌生人展示自己的修养，对熟人展示自己的无德。“还行。”这两个字很妙，说了等于没说，但又有所回应，最适合客套的场面。

我以为这下可以结束谈话了，哪怕只是关于写作这个方向的谈话，却没想到老人正了正帽子，说：“我年轻时也写过小说，我能理解写作的痛苦。”

他说完并不看我，而是看着远处，那是一种这话一出口必能让我震惊的笃定。我也确实没让他失望，没有丝毫掩饰地看着他，目光里都是意外。

他继续平缓地说道：“但我却没想到，写作最后却毁了我的一生。”他说完这句话，倒是转过头来看我，不知是目光里多了分苦楚，还是那本就是老年人瞳孔里的混浊，但此刻我宁愿相信是前者，只因那里躲藏着一些人生的百转千回。

“为什么？”我的反应和我的阅历一样苍白，但我猜这可能是人类诸多的下意识反应之一。

“想听？”老头儿开始卖关子。

我也不能说不想听，怕把他噎着，于是用力点了点头。

接下来老头儿换了一个舒服的姿势，开始给我讲关于他的故事。

他说自己其实还不到 40 岁，就是显得老。

这个我并不相信。

他又说大家都叫他老朴风，但在以前，他的名字里，没有“老”这个字。

2

朴风说他 24 岁那年，母亲去世了，他一直怀疑是父亲杀的。

他最后一次见到母亲，是个暖洋洋的下午，他在回家的路口远远地看到母亲的背影，她穿着一身花色艳丽的裙子，二十几年没有过的花枝招展都荡漾在春风里，他觉得有些疑惑，母亲平时哪怕喝再多酒，身体都没那么轻浮地摇晃过。但他也只是疑惑，并没去追问，于是他就那么看着母亲一步一步走向了自己的不归路，没有阻拦。

当天晚上，母亲彻夜未归，父亲回来得也很晚，他满腹心事又焦躁不安地来回踱着步，把整个黑夜都走穿了。他询问父亲，母亲怎么还不回来？父亲语焉不详，先是说她回不来了，接着又改口说自己不知道，然后一根根地抽烟，还倒了杯酒，他平时不太在家喝酒的，何况还是没有下酒菜地干喝。

朴风要给母亲打电话，父亲先是阻拦，然后又说“想打你就打吧”。朴风打了，没人接，父亲一副了然的样子。朴风预感有事情发生了，可也只是预感，于是这预感支撑着他陪着父亲一整夜没睡，在天亮时他实在撑不住了，眯了一会儿，就被电话声吵醒了。

电话里传来了母亲的死讯，他和父亲赶去医院，看到了母亲的尸体，全身焦黑。警察说是在郊外的车里发现的尸体，车和人一起烧的，车里还有另一具尸体，是名中年男性，身份还在确认当中。

警方初步断定死亡原因是自杀，听了这话，父亲一直攥着的拳头松开了。朴风想哭，可又哭不出来，震惊把悲伤稀释了一半，剩下一半是疑惑，那个中年男人是谁？

母亲的尸体被简单地火化后埋进了墓园，没什么仪式感，偷偷摸摸，墓碑都立得潦草，上面只刻了字，没照片。

朴风在墓碑前还是哭了，一哭就收不住，每一滴眼泪里都有母亲生前的影像，都是和吃有关的，一杯牛奶，一碗粥，一盘炒青菜，一碗酱牛肉，母亲端着走出厨房，放在餐桌上。餐桌前的他，吃着吃着就长大了。母亲端着端着，岁月的重量就落在了身上。

而她与父亲的关系，也因这岁月的绵长产生了变化的曲线，偶尔上扬，偶尔直线下降。两人也不吵架，父亲板着一张脸坐在餐桌前，母亲小心翼翼地收盘子，父亲一扬手，盘子就落在了地上，母亲也不收拾，再把另一个摔在地上。

朴风这些年，就踩在这碎裂的关系上，当个观众。

他哭到这里，反而像是为自己哭了，可父亲不同情，厌烦地说：“别哭了！”

眼泪也有惯性，一下子停不下来，父亲用男人特有的方式安慰他：

“那个死的男人是你妈的情人。”这方法很管用，朴风的眼泪一下就止住了。

“他们在一起好多年了。”父亲的话里，仍旧有愤恨，“好多年”这个长跨度的词汇，都没能稀释。

朴风找到了那一地碎裂的原因。

“她竟然宁愿和他一起死，也不愿和我继续生活下去。”话里，又有了比较情绪，这比较，在心里估计也存了好多年。父亲掏出一根烟要抽，可墓园里风大，怎么点都点不着，他气急败坏地把烟丢在地上，又狠狠地踩了两脚，走了。

朴风看着这个失意又愤怒的男人的背影，心里升起一丝心疼。

这心疼顺着他的背影到了手中，朴风看见了他手中的一次性打火机，突然奇怪父亲常用的 Zippo 打火机去哪儿了？再多想一下，好像在医院时，看到过遗物里有一个烧坏了的 Zippo 打火机。

“咯噔”一下，墓园里风很大，他心里的点点星火，被吹燃了。

朴风的父亲经营着一家效益不怎么好的汽车修理店，老板是他自己，员工也是他自己，因此，他的衣服上常年布满油渍，身上有股散不尽的汽油味，脸上也总是黑漆漆的，还有那永远都洗不白的双手，每一道纹理都填满了黑渍。

此时他坐在家里，正用那双手夹着烟，一根接着一根地抽着。朴风坐在他对面，看着他手上的烟头，总觉得下一秒那烟头就会落在他身上，点燃了油渍，整个人就燃烧了起来。

父亲抬眼看了朴风一眼，朴风立马撇开了目光，假装环顾屋子。家里突然少了一个人，空荡了一大半，而父亲吐出的那些烟雾里，似乎萦绕着所有的往事，闻一下都有沉迷的危险。

父亲还在盯着朴风看，那长久的凝视让朴风不能装作没有注意到，他的目光终于又落回到了父亲身上，四目相接，父亲递向朴风一支烟。朴风摆摆手，父亲冷笑了一声，说："我知道你抽烟的，写作怎么会不抽烟呢？反正你妈也死了，别偷着抽了。"

朴风被揭穿，有些羞赧，接过了烟。父亲给他点上，还是一次性打火机。朴风抽了两口，父亲的烟和自己偷着抽的不同，太烈了，他咳嗽了几声。父亲盯着他，又冷笑了一声，那笑里有鄙夷的成分。

父亲起身朝门外走去，门"咣当"一声被关上了。朴风明白，附近那家小酒馆，又能多点收益了，或者还会为某个熟客营业到天明。

父亲一走，朴风立马掐灭了烟，开始满屋子地寻找 Zippo 打火机，他分不清此刻的心情是想要找到还是不想找到，在这想与不想之间，是复杂情感的牵扯，这牵扯让他矛盾，心里不太好受。但如果能刨除所有的感情成分，只把这寻找当作好奇心的驱使，他就会好过一点，也轻松一点。

他心里转了这么一大圈后，告诉自己，他只是想得知真相罢了，和求一道方程式的答案一样，简洁，纯粹。

然而，他什么都没有找到。

那夜，他辗转反侧，最终也因疲惫，艰难地睡着了。梦里他梦见了母亲，在一片草原上，乌云压境，天将落雨，母亲无声地哭泣着，他想走过去安慰母亲，可越往前走，暴风越骤，母亲离他越远。

朴风从哭泣中醒来，天色清亮，晨曦仍旧温柔地落在他的床上。他还沉浸在那个梦里，可又被拉扯回母亲这无言结局的现实。他猛地又想起母亲的好多事情，孩童时，母亲骑着自行车，带他去河边玩，河水在夕阳下熠熠生辉，他在那明亮的景致里，把一颗颗圆润的鹅卵石揣进口袋里，却又因口袋破了，都丢在了回家的路上，到家后拽出空空的口袋，委屈地哭了一场，母亲笑着抚摩着他的头，没有说话。回忆里母亲一直没有说话，但是他却慢慢就不哭了。

想到这里，朴风的眼眶又红了，他开始思念母亲了，他也因这思念明白了，就算母亲真的在外面有个情人，也不应这么潦草地死去，必须要有个答案。他起身冲进父亲的房间，想要当面把打火机的事情问个明了，可房间里空荡荡的，没有人影，床被也整洁。

那奇怪的整洁，代表着彻夜未归。

此时，电话响起，一个陌生的号码，朴风接起电话，那头说："你好，是朴风吗？我这边是警局。"他第一反应便是，父亲杀害母亲的事情败露了。他拿着电话的手，一沉。

朴风赶到警局，看到父亲和一排男人贴墙蹲着，父亲的裤子上还是满是油渍。对面的墙边，蹲着一排女人。这两排人都来自同一个会所，都低着头，没有忏悔，只有羞愧。朴风已二十多岁，一看就明白了一切，他的目光在一排男人中锁定了父亲，此时父亲也抬起头看着他，目光里有一丝讨好的成分，这让朴风感到恶心。

朴风转过身去，目光扫过一个个警察，径直走到了之前处理母亲死亡案子的警察面前。警察还记得他，但是有点回避地说："扫黄这事不归我管。"朴风说："他杀了我妈。"

警察一惊，朴风回头指向父亲，却也不敢看父亲。

朴风在接下来的很长一段时间里，都不敢看父亲的眼睛，那混浊的眼睛里有杀意，他轻易地就可以解读到。

朴风的话让父亲在警局多待了 24 个小时，后因证据不足被放了出来。朴风本以为父亲回家的头件事就是揍他一顿，他抖着身子也握紧了拳头，在心理和肉体上都做好了自卫反击的准备。

但父亲没有回来，确切地说没有自己回来，他是在深夜被两个男人抬回来的。他们一前一后地抬着父亲，父亲闭着眼睛，身体无意识地向下垮着，有那么一刻朴风以为父亲死了，但走近就闻到了那浓烈的酒气。两个抬他的人把他往地上一扔，大口喘着气，把手伸向朴风："你爸没付酒钱，送他回来就不收钱了。"

两人离开，朴风试图把父亲弄上床，可他没做过什么体力活，也懒得健身，身体发虚，拖曳了几下没弄起来，还出了一身的汗，就只得放弃。他气喘吁吁地坐在地上，目光不经意间落向父亲的胡茬，有几根白了，他心里动容了一下，对父亲的怀疑也放弃了。

而父亲，也放弃了自己。

父亲染上了酗酒的毛病，他以前也喝酒，只是没有如此频繁和依赖。如果说以前喝酒只是给平淡生活多一点调剂，那如今就成了逃避生活的利器，两杯酒下肚，辛辣穿肠过，日子就能得过且过一点。

酒精在麻痹他的意识，也侵袭着他的自控力，最直接的体现就是他的手不由自主地颤抖，像极了寒风中的枯枝，抖落尽身上的残雪。

于是不出意外地，父亲在修车中出了意外，砸伤了手。他疼得全身战栗，捏着伤口，咬着牙找出医药箱和酒瓶，先是喝了一大口酒，再含了一大口喷在伤口上，接着给自己包扎。他坐在小木凳上，包着包着，就掉下了眼泪，这眼泪从妻子的葬礼一直等到现在才落下来。

他这一刻，才是清醒的。

朴风在这时回来了，手里拿着本杂志，里面有自己新发表的短篇小说，他本想独自喜悦，却远远地就看到了父亲的眼泪，那是男人都想隐藏的软弱。这出乎他的意料，只得远远站着，像是在观赏，能看到一个中年男人的肆意哭泣，可不是件容易的事。

父亲发现了他，抹了一把眼泪，起身掉头要回屋子。

父亲太可怜了，要不就和他分享一下自己的喜悦吧，朴风想着，追了过去，把杂志打开递给父亲，假装没看到他哭。父亲不接，他硬给，两人之间没有言语，肢体动作就显得粗鲁。终于父亲急了，动作却放缓了，他拿过杂志，哗哗地翻着，根本没有想停留在哪一页，也早翻过了朴风那篇文章所在的位置。

朴风预感到不好，但已经晚了，父亲把杂志扔进了修车的地沟里，里面满是废油，黑漆漆一片，接着是一道明晃，父亲划了根火柴丢进了地沟，“嘭”的一声，地沟燃烧了起来。

那杂志一点都不耐烧，一会儿就化为了灰烬，可地沟里的废油还在燃烧着，熊熊的火光中，朴风看向父亲，父亲的目光里也有一团刚被点燃的火。

朴风打了个哆嗦，他在父亲的眼神里，看到了杀意。

朴风与父亲陷入了几乎不可愈合的冷战状态，他明白父亲生气的缘由，可也抱着“他怎么那么小气”的怨念。但他也知道错方在自己，于是想要缓和这段关系。

人在孩童时期，出于生存的本能，会下意识地讨好父母，这习惯会随着年纪增长，自己掌握了生存技能后逐渐消失，朴风身体里还残留着些许讨好的余念，这说明他还不能完全养活自己。

这是他想缓和与父亲关系的另一个原因。

于是他把一篇又一篇自己写好或发表的小说都拿给父亲看，主要意图是破冰，其次是想向他证明自己正在逐渐自力更生，或许还在期待用这种普世价值观里的骄傲来唤醒他的血缘亲近。

可世间的事总是事与愿违，他看到父亲用受伤的手指敲打着那些文稿或书页，露出近似于嘲讽的苦笑，接着拽下一张擤鼻涕，非常用力且大声。这对朴风是种近乎蔑视的侮辱，他那年轻的眼睛还看不清因由，他似明白又不明白，紧紧地握住了拳头。

这拳头父亲看见了，却也不放在眼里。“打我啊？打啊！往死里打！然后我就也学你去报警，让你也在里面关一关，你正好可以积累写作素材。”

“你别以为我不敢！”朴风吼着。

“打啊，打了我就可以下决心了。”父亲满怀期待，可朴风有点听不明白。男人之间的事情，多是源于话讲不开，介于明了与不明了之间的事情，都变成了大概明了。

于是朴风出拳了，那拳头不重，落在父亲脸上，却打得他自己眼泪快落下来了。

趁着眼泪没掉下来之前，朴风跑出了家门。

但当朴风跑出家门的时候，这一切都变得彻底明了了。

朴风家旁边住着个老太太，已经老得不需要姓名，常年独居，爱甜食，爱八卦，她拄着拐杖站在树下，看着朴风跑出家门，抬起拐杖拦住了他，说：“小伙子，你和你爸吵架啦？”

朴风当时眼眶里还含着泪水，却在一片模糊中看清了她想要说闲话的嘴脸。他想骂这老太婆，滚一边去，可也觉得时机不对，就推开她的拐杖要继续跑。老太太身体不利索，但嘴巴还挺伶俐，她趁朴风跑远之前，以超出她这个年龄的语速把朴风定在了五米外。

“我知道你爸为什么嫌弃你。”老太太说完也差点背过气去，她看到朴风停下身子，才算是安心地把拐杖又拄在了地上，微微用力，平稳了下盘，大口喘着气。

朴风近似于倒退地来到了她身边，没有开口，眼神里全都是“说吧”。可老太太还卖关子，也用眼神回应，那眼神混浊不堪，却散发着八卦的光芒。朴风又等了几秒，就快等不及要问时，老太太终于开口了，但开口说的不是这件事，而是几年前的一件事，说当时她在后院散养了几只鸡，下了一些蛋，还送给过朴风家吃。

朴风不记得这事，也不明白老太太提这事干什么。老太太不慌不忙，说如果那些鸡蛋当时没送给朴风家，而是孵小鸡的话，小鸡长大生鸡蛋，自己就又会多出很多的鸡蛋。鸡生蛋，蛋生鸡，绵绵无绝期。

朴风说，那现在呢？你之前的那些鸡为什么没“绵绵无绝期”？老太太说，一场鸡瘟全都死干净了，但自己现在老了，养不动鸡了，就希望朴风能回报她。

朴风说，把鸡蛋还给你吗？老太太摆着手说，不用不用，生鸡蛋还要做，太麻烦了，你以后每天给我买一个蛋挞吧。老太太不像是在开玩笑，脸上也没有露出任何羞涩，朴风也就明白了这是在交换，也是她这个年纪的生存之道。

因急于得知答案，朴风答应了下来，老太太还不放心，拿出纸笔，颤颤巍巍地立下字据，朴风签了，老太太折叠收好，才和他道明原因。

“你爸怀疑你不是亲生的。”老太太第一句话就下死手，根本不懂得讲故事的技巧里，还有循序渐进和步步为营。

“和你妈一起殉情的那个男的，也是个作家，三流都排不上，吃不饱饭，这些年都靠你妈接济，就那么一辆破二手车也是你妈给买的。”她用拐杖咚咚地敲着地，很气愤的样子，“怎么就没人对我这么好！”她这气愤原来是为自己。

老太太发泄完才想起看朴风的反应，她以为朴风会急，妈妈为别的男人买汽车都不给自己买，任哪个儿子都会生气。但朴风却先是惊讶，接着露出一副豁然的表情，最后竟然还笑了，他边笑边倒退着，转身跑了。

老太太“哎哎”地叫了几声，朴风也没理会。“我的蛋挞！”老太太扯着脖子喊。

“这就去给你买！”朴风不回头地喊了一声，声音里都是开朗。

朴风买回来的不是蛋挞，而是一顶新帽子，是中老年男人戴的款式。

他拿着那顶帽子往家里走，想着父亲的旧帽子都起了毛边，还不舍得换新的，而母亲却给三流作家买了二手车。他并不会因这辆二手车更记恨母亲，只是对父亲多了一分心软。这心软里也包含着一分理解，他终于明白了父亲为何对自己的态度突然转向恶劣，邻居老太太的推测没有错，相比于修车的父亲，自己与三流作家似乎更像有血缘关系。

先是失去了妻子，再接着发现儿子也与那个男人越来越像，父亲心里肯定憋着一分火气，他不敢说，也不想承认，可邻居都知道的事，他又不能视而不见。一旦把怀疑种进了心中，就会处处寻找确认，又在这确认中寻找否定。

人的内心就像多面的矛盾体，每一面都是棱镜，每一面都折射着剧烈的阳光，那阳光聚焦在一点，便会把心房烤焦。

朴风想到这一点，在解开自我心结的豁然开朗后，心里又对父亲多了那么一点心疼，也有那么一丝后悔，关于 Zippo 打火机，关于去告诉警察，关于母亲走后的这一切。

他确信自己是父亲亲生的，是种虽没有科学依据，可是却从未怀疑过的坚信。他想与父亲和解，新帽子就是开端，哪怕最后是验 DNA 收场，他都愿意。

人随着年龄的增长，去爱人的能力越来越多，但能爱的人却越来越少。朴风当然明白，所以他不想早早落得一身轻松。

这个世界上他就剩下这么一个亲人了。

朴风回到家门前，看到有个陌生人在修理大门，父亲端着杯酒站在一旁，半清醒半醉地望天。

朴风顺着他的目光望去，看见一朵云在天上飘，就一朵，厚实但孤零零的。他把帽子在父亲眼前晃了晃，强装轻松："看我给你买了什么？"

父亲因喝了酒，目光柔和了许多，眯着眼睛在帽子上定焦："送给我的？"

朴风点了点头。

父亲把帽子接过去，随意地挂在了门前的树枝上："我也有东西给你。”他进到屋子里，拖出一个行李箱，朴风一眼就看出是自己的。

“你的东西都在里面，这个家你就别再进来了。”父亲说得轻松，有时轻松才代表认真，正颜厉色都是唬人的。

朴风愣住，我送你帽子，你送我走，这一来一往的交换不公平：“你这是什么意思？撵我走？”

“你也大了，该出去闯闯了。”父亲的话好像有了点人情味儿，朴风再回忆他上一句的语气，想着是否自己理解错了？

修理门的陌生人这时结束了工作，他递给父亲一串钥匙：“门锁换好了，你试试？”父亲摆摆手，意思是不用试，递给对方钱后又看向朴风。

家里上次换门锁，还是朴风小时候，他把胶水填满锁孔，以为这样就可以在外面玩一整夜。那次有没有挨打他不记得了，但此刻，朴风明白，父亲是真的要赶他走。

“为什么？”这话里透露着满满的无助。

“这点钱你拿着。”父亲递过来一个信封。

“为什么？”这话里已经有不解和愤怒，但他自己很快给出了答案，“你不要听邻居的胡言乱语！”

“他们说的都是真的。”父亲像在揭伤疤一样，脸上写着疼痛。

“你骗我！”朴风不信。

父亲从工装裤口袋里，掏出一份折叠的纸张，递给了朴风。这是份 DNA 比对报告，白纸黑字证明两人没有血缘关系。

朴风到此才算明白，父亲之前那句“下决心”是什么意思，这决心里有难以割舍的意味，也让这二十几年相处的光阴突然有了意义。

朴风的胸中突然涌出一阵悲戚，在母亲不辞而别之后，父亲也正在离自己远去，他不能接连失去所有的亲人，不想被抛弃，他要把自己捡起来。

“我不在乎。”他亮底牌了。

“我在乎！”父亲把酒杯里的酒喝干净了，“我受不了了。”父亲的脸因大口的辛辣而通红，他用力把酒杯摔在地上，却因草地的厚度而没有破碎。杯子滚落到朴风的脚边，他们的生活都不能再破碎下去了。

有邻居在一旁围观，可也不走近，就远远地定在那里，目睹着这一对父子的诀别。

“求你走吧，就算帮帮我。”父亲近乎乞怜地看着朴风，朴风看着父亲，又看着那群邻居，每一道目光都那样热烈。那棱镜又开始折射了，道道光线炙烤着父亲的肌肤，他甚至都快闻到焦味了。

朴风的行李箱，有二十多公斤重，父亲给他收拾得整整齐齐，不给他回来取东西的机会，这是最后带着暖意的决绝。

朴风拖着这二十多公斤的人生，漫无目的，他又看见了梦里那片草原，荒草无垠，只剩风声的寂静。他似一头小狮子，好奇地站起身子，探头四望，没有亲人，没有同伴，连猎人的枪口也看不到。

他不知怎么的就哭了。

3

二十几岁的朴风，还没学会喝酒，确切地说，是还没喜欢上喝酒，他不喜欢那种晕眩感、失控感，以及思维的无规则运转和兴奋。

年轻人，总希望这个世界永远一清二楚，可到了中年，就又希望这世界能混沌一些。

旅馆老板娘就属于后者，也许，在她的意识里，并没有希望世界能混沌一些，她只是恰巧把日子过成了那个样子。一天连着一天，如三伏天的午后，黏黏糊糊，半梦半醒。

她是属于那种风韵犹存的女人，用到“犹存”二字，就说明她人生最好的那几年已经过去了，身材、样貌、生活、人际关系都包括在内。她如今的全部生活就是经营着这家背街的小旅馆，前门斑驳的砖墙上挂着生锈的铁梯子，似乎随时都能掉下来戳穿行人。老鼠蟑螂爬过那后门冒着热臭气的下水井盖，有醉汉倒在寒夜里，再也等不到天明。十几个从来都住不满的房间里，更迭着些同样只属于暗夜的住客们。看一眼就满是糟粕，潦倒，得过且过。

只有在夕阳将落的短暂时光里，才会有一丝光亮洒进巷子，让生活透出那么一点温润来。酒精对于老板娘而言，就是阴暗中的那么一点儿余晖，喝了酒，她整个人才似活了过来，但这活的力气也没用到正确的地方，全都被嬉笑怒骂消耗了。

她的夜晚没有一个是属于寂静的，老唱片混着烟酒的气味，“嗒嗒嗒”地在地板上响彻成舞步的节奏，间奏被老式的笑话与人生没有了明天的恣意笑声填满，整座三层高的楼房都在震动，又没人敢明目张胆地说一句抱怨的话。

酒精让一整个夜晚都在摇晃，街灯一盏盏地熄灭，楼宇窗子的灯光也被星光代替，只有她的房间，在四季流转的风声里，夜夜如常，亘古不变。

她有几个非固定的男性伴侣，习惯在住客中寻找。有人住得长，有人住得短，三楼的男人陪她喝了三个月的下午茶，二楼的男人有一半的时间睡在她的房间里，一楼转角的男人给她按摩脚底抵了一个月的租金。这些长情短意她都不在乎，确切地说是不长久地放在心里。当某个男人告知后或不打招呼地离开时，她都会站在门前抽一根长长的烟，目光里含着似有似无的忧愁，看着远方一个不具名的焦点，四月和九月的清晨都已殆尽。

等烟抽完，她的心思也了了，与那些男人的情意，也就一根烟的重量，掐灭了火，转身日子照常过。

“人生就这个样吧，反正怎么过都是浪费。”这是她喝多后才会说的积极话，有种广博的睿智。而在血液里缺少酒精的时间段，她整个人犹如永远活在起床气中，对人生有着一种无限消极的愤怒。

朴风就是在这样的时间走进旅馆的，老板娘正披着个毯子在前台算账，一只手按着计算器，另一只手夹着烟，烟灰好长一段，要掉不掉的。

门上有风铃，声音传来，老板娘抬眼看朴风，朴风也看着老板娘，她没化妆，老态初显，看到他进来也不说话，又低下头继续算账。

“有房间吗？”朴风问道。

“有。”老板娘回答得干脆。

“多少钱？”朴风盘算着临走时父亲给的那个信封。

“不用问了，这一带最便宜。”

“那是多少钱？”朴风还是想知道确切的数字。

烟灰终于掉了下来，落在账本上。

“啧！”老板娘用手往下拂着烟灰，“爱住不住，不住就出去，睡大街不要钱。”

朴风被这坏脾气弄得愣住了，但也没察觉出老板娘不耐烦，只把这当成价钱便宜的肯定。“那我能看看房间吗？”

“啪”的一声，一串钥匙扔了出来，差点砸在朴风头上，朴风头一偏，落在了地上。

“楼上302，就那一间空房了。”老板娘头也不抬，烟就要烧到手了。

朴风捡起钥匙上了楼，木制的楼梯，吱呀吱呀地响，似把很多荒唐的岁月都踩在了脚下。推开 302 房间的门，这种岁月感更加的沉重，老式的木床，老式的桌椅，盒子电视机，屏幕差一点就是圆角的了。

窗子开着，有风拂动着窗帘，朴风走到窗前，看到对面是家丧葬品店，纸人在门前站立，唢呐声从音箱里传来，透着一股只属于神秘东方的阴森。

朴风快步下了楼，把钥匙还给老板娘，老板娘已经点了一根新的烟。

“对不起，打扰了。”朴风转身就要走。

“再给你算便宜点。”老板娘全都明白，“等把我惹急了，把那些纸人全都烧了。”

朴风有些犹豫。

“别觉得丧气，人这一辈子，死是早晚的事情。”老板娘是在留他，“哎？你是做什么的？”

朴风不知怎么回答，吞吞吐吐，全是不自信：“写，写东西。”

“哦，作家啊，那更好了，人生早点看透才能写出好东西。”老板娘扔出一个本子来，“登记吧。”言语里很是有把握。

朴风接过本子，还是没写名字，他不习惯这种方式，一切全都由对方掌控，他把本子又放下了。

这下老板娘急了，把本子拿回来，扔进抽屉里，“啪”的一声关上了抽屉，“给脸不要脸，穷光蛋，滚出去！”说着走出收银台，推搡着朴风往外走。

“哎哎哎，你别推我，我自己走。”朴风拉着行李，踉跄着走到门前，刚要伸手开门，门却被风吹开了，“咣当”一声，震得玻璃直颤抖，外面突然下起了雨。

雨很大，朴风为难了，但已没了退路，硬着头皮走了出去。他站在离旅馆门前几步远的屋檐下，但屋檐太小，只过了几秒钟，他的衣服就被雨水淋湿了，街道空旷，没有车辆来往，他不知往哪走，绝望在这一瞬间灌满了全身。

差不多过了很漫长的一分钟，旅馆的门打开了，老板娘探出头，冲着朴风大吼：“你傻啊！这么大的雨还站在外面，还不快进来！”

风把她的声音刮得凌乱，但朴风还是听懂了，他抱着行李再次跑进了旅馆，又是“咣当”一声，这回门玻璃震碎了，风雨全刮了进来。朴风的后背堵着那风口，胆怯地看着老板娘，说：“我赔。”

老板娘看着他那有些傻呆的样子，忽地就笑了。朴风也不知该笑不该笑地笑了，然后他在302房间一住就是两年。

刚住进去的头一个月，朴风觉得是他人生中最糟糕的日子。

对面丧葬品店的生意可能不太好，唢呐的声音越来越大。初夏的风有了闷热的迹象，房间里没有空调，朴风的背心渗出了汗渍，烟也因潮湿而燃烧得不情不愿。

属于老板娘的夜晚倒是没有什么变化，音乐比之前还要嘈杂，老板娘最近喜欢听弗拉门戈的曲子，整栋楼都充斥着夏夜的闷热和说不清的浓烈色彩，朴风总觉得这闷热和色彩融合在一起，有点脏。

朴风患上了失眠的毛病。他以前夜里也失眠，但白天睡得着，启明星就是催眠的符号。现在他白天晚上都睡不着，才明白，以前那只是生物钟颠倒，比失眠要好过得多。

当然，比失眠更难熬的，是他的长篇小说，没有丝毫的进展。前十天写出了一万字，中间停顿了十天来思考，又用后十天删除了一万字。他转了一圈，又回到了原地。

烟倒是比以前抽得凶了些，特别是写不出来的时间里，一支接着一支，抽到咳嗽，抽到干呕，甚至真的吐了出来。可也没什么东西可以吐，肚子空空的，因每日算计着信封里的钱，三餐就要严格控制，后来变成两餐，失眠后食欲缺乏，又变成了一餐，更省钱了。

旅馆老板娘有时看他整日不吃东西，整个人也摇摇晃晃地像散了架子，做饭时就会多煮一些，招待他吃一点，还劝他年轻人该多吃东西，不然身子会垮掉的，但垮掉了还一时半会儿死不了，干拖着更难受。

朴风全都当好话听着，这是离家这么久后遇到的难得的温情，他猛地就很想流泪。老板娘也闲来无事，与他闲聊，问些情况，好奇他为何这么长久地住在这里，朴风就把事情大概讲了一下。老板娘听了也不是很惊讶，人间世事看得多了，情绪就很难起波澜了，只当成个打发时间的故事。末了，她叹了口气，像是为朴风担忧，说："那你准备怎么办啊？就靠着写东西养活自己了？”

朴风想说是，但也没什么信心，犹豫了片刻，还是谨慎地点了点头。

老板娘问道：“你就没想过去找份工作？就算找不到正经工作，打份零工也好啊。”朴风说想过，可又怕因为在别的地方能赚到钱，慢慢就把写作这件事怠慢了，再慢慢就不想写了。

老板娘想了想，说也是，人年轻时，就该做点真正喜欢的、不操心钱财的事情，以后为钱闹心的时候多着呢。

朴风算是又受到了点安慰，他说：“我也是这么想的，我再坚持坚持，等我手里的钱全都花光了，那我不想工作也得工作了。”

这个想法在他脑子里已经有段时间了，但在说出来后，才算正式确立了下来。他把老板娘给的最后一勺汤喝掉，有点咸，可胃里总算舒服些了。

当天夜里，朴风的写作仍旧没有进展，那灵感像是飘在空中的细小尘埃般，能隐约看到，可是伸手一抓，却满手的空虚。他站在窗前，点了根烟，狠狠地抽了一口，那灌满喉咙的烟雾，倒是实打实的辛辣。他借着这辛辣，顺便想了些童年的事情，从而推导出人生的艰难，可这艰难似乎才刚开始，却也永无止境。

他的目光落到丧葬品店的门前，夜里安谧，没有了唢呐声，也就少了世俗人情，却多了几分诡异，他从而又开始去琢磨，人死了究竟会去哪儿？真的有灵魂和鬼神的存在吗？如果有，是飘荡在这世界上吗？还是会去一个不知名的地方？这时敲门声响起，阻断了他的心绪，没有再往深渊里跌，他转过身询问："谁啊？"

"我。"门外传来老板娘的声音。他这才意识到，今晚出奇地安静，不但没有门前的唢呐声，也没有楼下的舞曲，夜风沙沙地吹着，让月亮都清亮了许多。

老板娘走进来，脸上堆着些许讨好的笑，手里提着冰桶，冰桶里是一支香槟，看着瓶身的水珠，就能想到入口的冰凉。

朴风疑惑地看着老板娘，老板娘却已经倒了一杯酒，递给他。这让朴风更加疑惑，脑子里冒出几个"为什么？"，难道是老板娘要勾引自己？他接过酒，下意识地后退一步，是拉出一个安全距离，也是审视一下老板娘与自己的年龄差距，他们之间隔着至少二十年的生理时差。

"你别躲，也别想歪了。"老板娘是中年人，除了死亡差不多什么都经历过，朴风的戒备她都懂，"我有事请你帮忙。"老板娘把手在衣服上抹了抹，这动作是对口袋里东西的敬重，可不是真金也不是白银，她只是从里面掏出了一张纸条。朴风接过那张纸条，上面是一个远方的地址。

"帮我写封信好吗？"老板娘面露羞赧。朴风察觉可能会是封情书，抖了抖纸条，眼睛里有疑问待出的困惑。

"我写字不好看。"老板娘竟露出惭愧似的笑容，"也写不明白，总觉得字落在纸上就得认真点……”老板娘越说越心虚，怕朴风不帮忙，“你是作家嘛。”

“写给谁？”这才是朴风想问的，情书不情书已经不重要了。他坐下来，从抽屉里翻出稿纸，拿起钢笔，准备妥当。

“你等我一下。”老板娘跑下楼，又“咚咚咚”地跑上来，手里多了几张粉红色的信纸，“用这个吧，我女儿喜欢这个颜色。”

朴风有些失望，事情比他想的要平庸，“干吗不打电话？”他还是问了出来。

老板娘喝了一口酒：“没有电话，这个地址也是刚弄到的，不知道是不是真的，她被领走时才五岁，现在快三十岁了吧。”

时间的重量里，酸涩的成分一定不少，老板娘又喝了一口酒，像在给自己调味。

朴风把粉红色的信纸铺展开，“写什么？”他也喝了一口酒。

“我说什么你就写什么，但也别全都照着我说的写，你明白我的意思的，就是你要把我的话润一润。”老板娘把身子靠在朴风身后，台灯照不到她的脸，模糊一片，只有声音在断断续续地传递，里面的字句考量，有着二十几年的斟酌，“你还记得我吗？”第一句难免都是这样的。

朴风边听边下笔，字字用力，写出的都是谨慎的苍白。

待落下最后一笔，朴风的手心都出了汗。老板娘把信纸抽走，又看了一遍，露出满意的神色，她把信纸装进信封里，塞进左边的口袋，又从右边的口袋里拿出另一个信封递给朴风，说："这个你收下，以后可能要经常麻烦你帮我写信了。"这话和语气，都满是谦卑，和朴风之前认识的那个风流快活的老板娘判若两人。朴风那时只觉得有些许奇怪，但也没能悟出那是为人父母因对儿女亏欠所产生的弥补心态，从而会对每一个相关的人、事，都格外认真，格外尊重。

他推托了一下，说不该收这个钱，这就是举手之劳。老板娘想了想，也没再多强求，只说那以后从他的房费里面扣吧。朴风还想再说些不用之类的话，老板娘却像两人已经说定般，转身出了门，走了两步，没等那门关上，她又折了回来，问朴风说，现在邮信是要去邮局还是去快递公司?

朴风看着老板娘这简单的困惑，突然有些心疼她，又想着自己已经好几天没出门了，便说："我明天正好要出去买几本书，我帮你邮吧。"老板娘一听，当然开心，把信掏出来递给朴风，郑重地拍在他的手中，说："真是谢谢你了。"这感谢还是那么的诚恳和认真，朴风不自在地笑了笑。

老板娘终于离去，从她那踩踏楼梯的声音里都能听出一股愉悦，朴凡听着那渐弱的踏楼梯声，看着手里的信件，不自觉地舒了口气。

隔天朴风睡到中午才出门，坐五站公交车，花了二十三分钟到达邮局，把信投进邮筒用了三秒，如果邮筒的口大一点，还能更快些。从邮筒到书店，三站的公交车，整整十分钟。

一切看似寻常，甚至有点无趣，但对于朴风来说，这是他人生中十分重要的一个下午。

他在走进那家书店前，先是看到了门前的橱窗上贴着新书签售会的广告，“人气作家冷一的新作，《谈恋爱不如跳舞》，正在书店里进行签售”。

朴风知道这个作家，刚过四十岁，专门写虐恋小说，因里面充斥着大量的情色描写，被书评人称作用身体写作的男人，从此人气飙升，书也自然得以大卖。

朴风也买了一本他的新作，一边翻看着，一边加入了排队的长龙中。新书讲的是两个舞蹈演员的爱情故事，粗略一翻，就看到了很多情爱描写。但朴风此时却没有耐心去细细品味，他满脑子都是些别的心思，他觉得自己是这个队伍中职业属性离冷一最近的人，排到他时，他应该说些特别的话，让自己和普通读者区分开，如果冷一能指点他一些写作技巧就更好了，哪怕一句话也行，把那句话写在书上最好。他因这些想法有些紧张，拿着书的双手都出了汗。

队伍有些长，屋子有些热，再过了一会儿，他的额头也开始冒汗了，朴风用手背轻拭额头的汗，顺便看着那群排队的人脸上的兴奋神情，里面全是喜欢与崇拜，他再一次确认了自己和他们不同，他没有崇拜也没有喜欢，他只是羡慕冷一，想成为他。

但朴风的愿望落空了。他排了近一个小时的队，眼看前面就只有两个人了，他都能看到冷一那虽人到中年，但保养得仍旧很好的皮肤，上面散发着清透的光泽，那光泽里满是才气和自信。

这时，最前面的那个胖女人突然掏出一瓶红颜色的液体，泼向冷一，冷一的脸上和白色西装上顿时一片殷红，那红色似血似酒也似油漆，那一身的白色像是被玷污了。

现场顿时大乱，胖女人接着伸手就要抓冷一的脸，还好保安及时冲上来，控制住了她。胖女人一边被拖曳出去，一边还在踢脚大声咒骂着，只是听不懂骂的是什么，从发音来听，应该是某个小语种或方言的脏话。

胖女人被拖走后，签售会也提前取消了，冷一一边擦着脸一边向读者道歉，然后一脸冷峻地离开了。朴风整个身体都冒了汗，全身也不受控制地颤抖，这颤抖来源于愤怒，自己排了一个多小时的队，全都被那个胖女人给毁了！

可也没有什么办法，这世上总有些愤怒是无从消解的，他与身后的读者只能小声抱怨着离开书店，失落写在每一个人的神情里。有个女孩正在偷门口的人形立板，另一个女孩帮着她抬走了。

时间潜入黄昏，公交车也变得拥挤，朴风拿着那本书，没能挤上第一辆公交车，第二辆也不行。他放弃了，沿着马路往相反的方向走，来到了一个公园里，夕阳还有一些余温。

他找了把椅子坐下，努力深呼吸了两次，平复下这暴躁情绪，又发了会儿呆，才翻开书来看。第一章就是拉筋，他渐渐看得入迷，感觉自己的腿都在疼，而那个教练还在压他，还在努力地压他。

朴风有些透不过气来，他抬起头想要缓一下，抽根烟，可发现忘记了带打火机，便四下观望，想找到一个烟友或是爱玩火的小孩子。目光里钻进来一个穿着白色西装的男人，正在一口一口地抽着烟，更像是在抽着忧愁。

朴风走过去，看到那白色西装上一片殷红，心猛地狂跳，他停下脚步，那人抬起头看他，却是一张苍老的脸，根本不是冷一，但眉眼间却又那么地相似。

“你有什么事？”老人问道，声音很熟悉。

“我，我借个火。”朴风觉得奇怪。

一个打火机递了过来，拿着打火机的手上有很多签字笔的墨迹，朴风颤抖着把烟点着，心中的疑惑在放大，也在逐渐认定。他把打火机还回去，并没有走，而是坐了下来，顺势把手中的书递到老人面前，“你知道这本书吗？”

老人先是一愣，接着却笑了，但什么都没说。

“我排了一个小时的队，却没拿到签名，都怪那个不知道是哪里来的胖女人。”朴风在试探。

没想到老人却把书拿了过去，“真可惜。”他从口袋里掏出一支笔，“我替你签吧。”他在扉页唰唰写下“冷一”两个字，把书又还给朴风，拎着一个环保袋起身离开。

朴风追上去，“你等等！怎么会这样？”

老人没有回答，一直往前走。

“你刚刚明明还很年轻啊！”朴风追问。

“我早就不年轻了。”老人头也不回。

“但比现在要年轻啊！”朴风跟在老人身后。

“这和你无关。”老人继续走。

“到底发生了什么？”朴风穷追不舍。

“什么都没发生，你就当没见过我。”老人要走出公园了。

朴风快跑两步，跑到他前面，拦住了去路，一脸的傻气。

“你可以和我说，我不是你的读者，更不是你的崇拜者，我和他们不一样。我也是作者，我能了解你的痛苦，而不是像他们一样只看到你光鲜的一面，我知道写出一本书来要比看一本书难上一千倍一万倍，我们就像在烙铁上反复煎熬着自己的心，又要错过许多风和日丽的好日子……”朴风都不知道自己在说些什么了，当他意识到这点时，便立马收住了嘴。他不知所措地看着老人，然后又想再说些什么，可也一时找不到话头了，只得就那么呆呆地看着对方，然后说：“你知道的。”

老人的目光突然有了些放弃般的泄气，他说：“我知道，每个字都是我们的部分人生。”他从拎着的环保袋里拿出一个人脸头套，套在了头上，在边角处按了几下，那个四十岁的冷一又出现了，“现在你明白了吧？”

冷一把人脸头套又摘了下来，“我就是一个需要整天戴着面具生活的人，天知道这头套有多热！”

朴风震惊得说不出话来。

“去吧，去把这消息卖给那些记者吧，你好拿点钱泡妞喝酒，我也早就受够这一切了！快去吧！”

“你误会了。”这下朴风甚至不忍直视冷一的脸。

“那你到底要干什么？你纠缠我这个糟老头子不会得到任何好处的！我今天已经够倒霉的了，晚上还要吃止痛药才能睡得着，而你年轻力壮，有无数的事情可以去做，为什么非要在我这浪费时间？！”冷一愤怒，却因过于激动而咳嗽不止。

“我，我羡慕你，我想成为你，我也想写出一本小说来。”朴风说得诚恳，连眼神也诚恳。冷一停止了咳嗽，看着朴风的眼睛，眼睛是不会说谎的，他是个老作家，他能看穿对于文学热爱的真假。

他叹了口气，充满着过来人的无奈，这无奈里有欣赏也有可惜。

“好吧，你跟我来。”冷一转身离开，一边走一边收起了头套。

朴风跟在他身后，满是好奇与欣喜，亦步亦趋，走向未知。

天是在路上黑下来的，路的拐角处，一家酒吧亮起了霓虹灯，路不起眼，拐角也不起眼，酒吧更不起眼，连名字都没有。朴风跟着冷一进去，见只有一个年轻男人在吧台里，冷一和他打招呼，他的声音却苍老得不像话，如同穿越过几个世纪的颗粒感。冷一介绍他是这家酒吧的老板，老板冲朴风微笑，笑容里有一种说不清的肃杀感，然后说自己只是服务员。

两人坐在酒吧的角落里，朴风的目光仍旧盯着冷一搁在椅子上的环保袋。冷一注意到他的目光，就拍了拍那环保袋，说："还在好奇吗？"朴风点了点头，说："我还是想不明白，你为什么要这样做？"

冷一说："一开始我也想不明白，但有些事情是不用想明白的。"这话似乎不是故作深沉，但也让人听不太懂。冷一看着朴风疑惑的眼神，继续说："今天来签售会捣乱的那个女人，是我之前邻居的女儿，很讨厌我这个糟老头子，我去她家借一颗西红柿她都不肯，可是后来她却爱上了这副面孔。"冷一说着又拍了拍环保袋，"于是，我就用这副面孔和她上了床，然后又当着她的面，把头套摘了下来，你能想到她当时那副表情吗？很震惊又很恶心……"他笑着摇了摇头，"到现在我一想到，都觉得这报复得太彻底了，太绝妙了，太爽了！"

朴风自然是感受不到那报复的快感，但也能从他的语气里听出那种愉悦仍旧延续至今。朴风看着眼前的冷一，这短短的一个黄昏加一点点黑夜，已经把他那既有的形象彻底颠覆了。但朴风并没有厌恶或是失望，他知道，作为一个创作者，如果自己不是他人眼中的怪人，那就要学会去欣赏怪人，或是从文学的角度去包容所有的怪人。所以此刻，他反而对冷一生出了更多的兴趣。

朴风看着嘴角还残留着笑意的冷一，又指了指那头套问："那你是从什么时候开始戴这个的？"

冷一说："说来话长，那就简短点说吧。我是四十岁后才开始写这类小说的，以前是写推理小说的，可是一直没什么起色，之后又改写科幻，还是没什么起色，后来还写了一段时间同人文，更是一塌糊涂。一转眼，我都六十岁了，那年我妻子还得了癌症，去世了。妻子去世后，我很想念她，就抱着写回忆录的想法，把我俩的故事写成了本小说，当然，里面也有一些性爱的片段，但那不是情色，那是美好的回忆。后来也是机缘巧合，这本小说被一个做出版的朋友看到了，他看了很感动，决定为我出版，但不能以我这张脸出现，他说没有人愿意看一个糟老头子的性爱回忆。我说这不是性爱回忆，可他坚持要这么宣传，我那时被生活所迫，也就答应了。他没多久就专门给我定做了一个头套，还给我起了一个新的笔名，就是'冷一'，他说这个名字听起来就会让人有欲望，我却从来没觉得。"他说到这里苦笑了一下，"后来没想到，冷一就红了。人生啊，真是奇怪。"他感叹了一句，像是累了一样，身体重重地靠在椅背上。

朴风目光复杂地看着冷一，那里面有惊诧，有同情，也有拐弯抹角的羡慕，如果只是换副面孔、换个名字就可以成功的话，他非常愿意。

冷一冲服务员招了招手，服务员过来询问要喝什么酒。冷一说："我要一杯水，这个年轻人还要再等等，他还没想好要喝什么。"服务员会意地离开。朴风说他要杯啤酒就好，冷一摇了摇头，"你还没明白。"

"喝酒需要明白什么？"朴风疑惑。

"你不是说想成为我吗？你不是说想写出一本小说来吗？"冷一盯

着朴风看。

“是啊，可是这和喝酒有什么关系吗？”朴风越发迷惑。

“年轻人，你应该知道吧，你是肯定能写出一本小说来的，你有这方面的才华，写出来只是时间的问题。这世界上每个人都在为自己感兴趣的事情而努力，大多数人都是能够实现理想的，但为什么最后有些人成功了，有些人却失败了？”

朴风摇摇头，不明白。

“因为他们败在了时间上。”冷一顿了顿接着道，“他们觉得是在和自己对抗，不是的，他们是在和时间对抗，或者说是在和那些无趣且艰难的时刻对抗，我这么说你明白吧？”冷一点了一根香烟，那燃烧产生的烟雾一直往上飘，他的眼睛眯着，聚起的光透着某些奇特的睿智。

朴风点了点头，“我大概明白，我现在正处在难熬的时刻，但又坚信自己能写出来。”

“你有喝醉过吗？我是说那种很醉很醉，醉到不知道自己做了什么的时候，有吗？”

朴风想了想，“有过一次。”

“感觉怎么样？”冷一循序渐进道。

朴风又费力地想了想，“除了第二天头疼，其他都挺好的，把整个难熬的夜晚都醉过去了。”

冷一点了点头，低头抬眼看着朴风，说：“那现在有一种酒，喝完就能让你把整个创作的煎熬期都醉过去，醒来稿子已经写完了，还一点儿都不头疼，你愿意尝试吗？”

冷一的话让朴风觉得不可思议。

“别逗我了，怎么会有这种酒？”朴风这话说得心虚，他想要。

“这家酒吧就卖这种酒，你不要告诉别人。”冷一神秘地环顾了一下四周，“喝下去，醒来后你就是我了。”

“很贵吗？”朴风已经不再考虑可能性，他只怕自己负担不起。

“用钱买不到的。”冷一冲老板打了个响指，服务员心领神会地把一杯酒端了过来，那杯酒冒着蓝色的烟雾，象征着自由。

朴风有些紧张地把酒端了起来，冷一的眼神里全都是关怀，语气更像是在鼓励安乐死的人，“喝下去吧，喝下去后痛苦就都没有了，你的人生就重新开始了。”

酒杯贴近嘴唇，凉凉的，朴风那一刻脑子里全都是小说完稿的画面、装订的画面，一本本书在印刷厂的流水线上如江流里千帆过境。

“时间会帮你解决一切问题。”这个苍老的声音，似乎就在他的耳边，满是蛊惑。

朴风一口把酒干了下去。

有点苦，还来不及品味其他的感觉，他人已经趴在了桌子上。

门外是渐浓的夜色，霓虹灯越闪越快，“啪”的一声，熄灭了。

4

高昂的唢呐声刺破了玻璃，持续亢奋的音符中，调子里竟有了喜悦的意味，对面的丧葬品店难道有了喜事？朴风不想去过多思考，他被这唢呐声吵得翻了个身，想继续再睡个回笼觉。但随即窗帘被拉开了，阳光照在了他的脸上，他迷迷糊糊地睁开眼，看到老板娘站在床头，死神般凝视着他。

朴风一个激灵坐起来，细看老板娘的脸，却充满了喜悦。

“大作家快起床，今天这么重要的日子你怎么还睡懒觉。”她在朴风屁股上拍了一把，推着他起来，一直把他推进洗手间。

关上门，朴风坐在马桶上整个人还迷迷糊糊。老板娘的声音在门外持续传来，“昨晚我就给你熨好了两套西装，一套黑色的一套宝石蓝的，穿哪套你自己选。我觉得宝石蓝的比较适合今天的场合，黑色的太古板了。”

老板娘说着又敲了敲洗手间的门，“你快点啊，第一次开新书分享会千万别迟到了。”

听到这里，朴风的睡意才猛地消散，他从马桶上坐起来，拉开洗手间的门，“老板娘，你说什么新书分享会？”

“就是你的新书啊，我这些天一直在看，都入迷了，打翻了好几杯咖啡。我现在到处和人说，我那个破旅馆房费就要涨了，因为住了个大作家！”老板娘满是得意的神情。

朴风听着老板娘的话，但目光的焦点并不在老板娘身上，而是她身后摆在桌子上的日历，那上面的数字昭示着，此刻距离他在酒吧喝下那杯酒，已经过了两年。

朴风“嘭”地又把洗手间的门关上，慌张地看着镜子里的自己，容貌并没有什么太大的变化，身体也没有感受到什么异常。他真的如同酒醉睡了一大觉，这两年发生了什么，他统统不记得，快乐不记得，痛苦也不记得。但没人会刻意去回忆生活中的快乐与痛苦，人们只喜欢结果，好的结果。

对于朴风来说，这个结果是好的，最好不过的，睡前自己还是一个因长篇小说开了一百个头却什么都写不出来，痛苦得满地打滚的作者。一觉醒来后，已经变成了老板娘嘴里的大作家，并且马上要参加人生第一次的新书分享会。

想到这里，他终于兴奋起来，这是一种捡了大便宜的兴奋，他无从宣泄这兴奋，也不敢与人分享，只得狠狠地在墙上捶了一拳，又疼得直跳脚。

朴风选了那件宝石蓝的西装，老板娘送了他一条新领带。他急匆匆地下楼，看到对面丧葬品店的老板开着车子在门前等他，老板娘把朴风推到后座，自己坐在了副驾驶，朴风看到两人亲密地接了个吻，老板才启动了车子。他们两个竟然在一起了，原来两年的时间人事还是有些具体的改变。

可阳光还和两年前的一样，似乎更清爽了些，只是这车后座上，还堆放着一些纸钱和蜡烛，有些晦气，但也有种异样的新鲜感。这种普通生活之外的情景，让人新鲜，让人沉醉。这后座是，分享会是，一觉醒来的两年后统统都是。

朴风是在书店休息室才第一次触摸到自己的书，书名为《顺时针》。他心想，怎么起了这么一个名字？比他预想中的要短很多，他以为会是“爱你是全世界最顺的时针”这类拗口的名字，才会有畅销的潜质。

他捧着书，满是陌生又熟悉的感觉，用个俗套的比喻是，如父亲捧着新生的婴儿，初次见面却骨血相连，蕴藏着孕育的巨大奇妙感，想哭，又想笑。

这书真厚，他翻到最后一页，看了下页码，竟然有 458 页，真能写，他暗暗佩服自己。他又有些担忧，想先读一下，可这时有人敲门进来，工作人员端了杯咖啡给他，又拿出几本书让他签名，说是分享会结束后要抽奖送给读者。

他接过工作人员递过来的笔，谨慎地在扉页签下自己的名字，没想到一出手，竟然是漂亮的花体字，应该是找人设计过，也应该是练过千百遍，只是自己不记得。这种天成般的技能让他愉悦，甚而对自己都产生了新奇，想着没准还学会了些更多的东西，等着他去探寻。

生命一下子变得充满了未知，如童年的夏夜，漫天星辰都是宝藏。

“滴答，滴答，滴答，是雨滴落下砸进泥土的声音，是指针划过午后光影的声音，是时间刻刻催人老的声音，这韵律单调，忽隐忽现，需侧耳静心才听得到它蕴含着季风的转向，物种的迁徙，人事的盛败，万物的枯荣。别说话，让呼吸也慢一些，再慢一些，你还能听到潮汐退去，炉火式微，雪落松枝，蝉翼落下。滴答，滴答，滴答，那是生命节节败退的声音，那是死亡缓慢但确定到来的声音。”

朴风站在舞台上阅读书中的段落，故意把声音压低了一些，让每个句子都有了娓娓道来的韵味，他握着书的手心出了汗，喉咙也干得要命，但也不妨碍那些湿润的文字沁入他的心脾，他几乎要在心里惊叹出来，这些竟然都是他写的！他有理由惊讶，因为他比谁都了解自己，之前发表过的那几个短篇，都是以简洁的白话铺就的，他几乎写不出一个漂亮的长句，他又为自己这两年的成长感到欣慰。时间果然是写作者最好的老师。

朴风的声音落下最后一个音节，他把书放下，咽了咽口水，入迷的读者们才后知后觉地鼓起掌来，那些目光从迷离变得灼热，看得他有些害羞，视线一下子没了着落。他把眼睛避开，看向玻璃窗，窗外是夏日城市晃眼的街道，每一缕光都没被浪费。

玻璃窗边立着一片阴影，朴风的眼睛适应了光线才看清楚是女生的轮廓，再适应一些，马尾和运动装就显露出来，那干净的脸庞倒是最后才被注意到，还有那双眼睛，没有一丝忧愁，清爽明澈，也正看着朴风，两个人的目光就在此刻相遇了。但在女生眼里，朴风已经盯着她看了好一阵，她差一点就要躲开了。

就差那么一点，朴风却先把目光躲开了，他觉得自己的目光有种不知情的失礼，虽然她确实漂亮，一眼就让人心动，但却不应得到过于坦荡的直视。面对美好的事物，人们已经习惯了在心中赞美，用语言表达出来的都显肤浅，目光也一样，每一眼都有潜藏的欲望。

等到签名的环节，读者们排着队，虽然不如冷一的队伍那么长，但也足够显得不寒酸。朴风一边签名一边配合着读者提出的握手合影等要求，而得到的赞美也仿佛把这一生的额度都提前透支了。那些话语开始时听着兴奋醉人，可听多了，且读者的语言技巧有限，就有了千篇一律的感觉，那种真心的受用感便会递减，递增的只剩乏味，虽然朴风知道不该这么早就开始乏味。

让他眼前一亮的还是那个女生，她排在队伍的中间，到面前的时候，朴风给她签完名，她却不把书带走，而是很随意地往朴风面前一推，“送给你当礼物吧。”

朴风以为自己听错了，“送给我？”

女生目光坦荡，“是啊。”一副理所当然的样子。

“把我自己的书送给我当礼物？”朴风还是糊涂。

“那你还想要什么啊？别的我也没准备啊。”女生也惊讶起来。

朴风尴尬了，再多说就像是要索取其他礼物了，他觉得有些怪异地把自己的书收好，还对女生说了声谢谢。

“不客气。”那女生说完一蹦一跳地离开了，马尾在空中来回摇晃，像坏了的吊扇。

朴风回去坐的还是那辆丧葬品店老板的车，老板开着车，慢悠悠的，他是个老实稳重的人，说不出一句漂亮的话。老板娘被分享会现场免费的香槟灌醉了，她把头靠在椅背上，哼着混乱的歌，哼了一会儿，她回头看着朴风说：“我真高兴，真高兴，真替你高兴。”她词汇贫乏，又推了一把老板的头，“他也替你高兴，但他是做死人生意的，不能笑，要不容易挨打，他就快忘记怎么笑了。”

朴风透过后视镜看向老板，老板也正好在看他，然后点了点头，算是应和老板娘的话，朴风倒是冲他笑了笑。“没想到你们会在一起。”朴风说出口，才觉得这话容易让人有不好的误解。

好在老板娘喝多了，心胸开阔，“我们俩在一起，还不是怪你，哎呀，烦死了，好多男人都浪费了。”老板娘在抱怨，却似在撒娇。

“怪我？”朴风当然不记得。

“对，就是因为你。”老板娘也不计较朴风的记忆力，把车窗摇下来，风灌了满怀，“去年你喝多了，嫌他的唢呐声太吵，影响你写作，你就趁他不注意，把门前的纸人都摆成不雅的姿势，然后躲在墙角偷看。之后每一个路过店门前的人，都觉得好笑。你还觉得不过瘾，干脆一把火把门前的纸人都烧了。那天风大，火往屋子里蹿，他在睡午觉，整个店都着了，他也没醒过来。你也是，火着起来了也不清醒，还蹲在店门前笑，笑得都站不直了。我从店里跑出来，一看事情不好，把整个旅馆的客人都叫出来救火，呼啦啦的一群人，好不容易才把火扑灭，最后一桶水是浇到你头上的，你这才醒酒。”

老板娘也不看朴风，只是自顾自地说着，这话她应该讲过很多次，有着熟悉的流畅感。朴风却越听脸色越难看，忍不住去看丧葬品店老板的脸色，他倒是像听习惯了的样子，没什么反应。

“你醒酒了，他也醒了，我本来以为他会发火，却没想到他第一件事竟然是先洗了把脸，说这天真热。然后从冰箱里拿出自己做的冰棒分给大家吃，挨个说辛苦了，还给了你一根。”老板娘点了一根烟。

“他那时应该还不知道火是我点的。”朴风竟像听故事般分析道。

“我知道，我看你当时的样子就知道。”老板终于开口说话，“但我当时刚看了一本书，叫《悲惨世界》，我想像里面的神父那样去宽恕别人。”

“对，我就是被那本《悲惨世界》害了，还以为他生来就是个善良的人。我当时啊，看他的样子都发光，一屋子的纸灰和脏水，他却白得要命。”老板娘伸手捏老板的脸颊，老板疼得直咧嘴。朴风在后座笑了，“他原来脾气不是这样的吗？”

“他可是杀过人的。”老板娘回过头，语气带着些许神秘和严肃，

“你看他身上的刀疤。”老板娘掀起老板的衣服，侧面肋骨处确实有一条长长的疤，醒目而灼眼。

“过去的事就别提了。”老板语气中失了温和。

“他前几年刚从监狱里放出来。”语言有惯性，老板娘说完这句才停住，朴风忍住不去看老板的脸，但也知道面色有多难看。

沉默，老板没有接话，这让气氛变得凝重，是一句话说过了头的尴尬。老板娘虽历经世事，可也不知如何收场，还好这时车子到了旅馆门前，老板娘嚷着：“到了到了，车里闷死了。”匆匆下了车。

朴风也想说一句：“是啊，真热。”就赶紧下车，然后当什么都没发生过，可偏偏车门出了问题，他拉了几下把手也打不开。他急得冲还在驾驶位上的老板投去目光，老板还在气头上，握着方向盘的手上青筋凸起，他从后视镜看了一眼朴风，这目光凶狠，吓了朴风一跳。也是这一吓，让朴风急中生智，迅速摇下车窗，把手伸到外面开车门，车门这下开了，朴风逃脱了，一直逃到楼上。

楼下隐隐约约传来了玻璃杯被摔碎的声音，过了一会儿窗前又响起了唢呐声，那音调里全都是愤怒，就像是老板在吹一样。接着，一声爆破音，朴风知道，那传出唢呐声的音箱也被打坏了，这个午后终于安静了下来，燥热也一下子冷却了。

朴风想着去楼下看看状况，不让这战争蔓延更久，但他此刻突然疲惫不堪，过度的紧张与兴奋后，身体陷入了低落的萎靡状态。他倒在床上，想了几秒钟心事，也想着把西装脱了再睡，可都没来得及，睡眠就入侵了。

他翻了个身，梦境和现实就被隔开了。他做了些奇怪的梦，似一组电影蒙太奇般，要把这两年的事过一遍，可只有无数的碎片呼啸而过，如抽象的艺术片，色彩明艳，混乱至极，看不懂具体的内容，只有一些晦涩的纹路。

他在梦中无从抓住这些纹路，醒来了也不行。

朴风醒来时已是黄昏，民用曙暮光笼罩全城，比夕阳公平得多，每一个屋角都被善待。他喜欢每一天的这个时刻，最后的暑热中已带着一丝微凉。他坐起身，看着窗外，市井的声响传来，老板娘在打扫丧葬品店门前的路，老板在收拾着纸人纸钱，看来他们两个人的战争也平息了。

朴风看着这两个人，因他人关系的恢复感到了些许轻松，他又看到一只鸟落在屋顶，挪了几步没有飞走，觉得世界也没什么变化。这念头闪过后几秒，他才再次惊觉已是两年后，就如很多突如其来的变化般，也像每个新年过后的头一天，要反复确认几次，才能肯定这已是新的一年了。

朴风稍微有了些怅然，然后便觉得一切都好极了，因为下一刻，他的手机就进来一条信息，是银行卡的消息通知，新书的版税进账了，数目很是可观。朴风觉得这钱简直是不费吹灰之力得来的，他再一次确认了一下数字，也再次觉得，现在的一切都好极了。

他在床边拿起自己的新书，捧在手里，还是不太敢确认这酒后的结晶属于自己，他抚摩着书的质感，嗅着纸张的气味，慢慢才产生了些亲子的柔情。他要把书好好读一遍，从头到尾逐字逐句地读一遍，他对它实在是亲密又陌生，陈旧又新奇。

他很郑重地把书翻开，才发现，这竟是分享会上，那个扎着马尾辫的女生送给他的那一本，他接着又发现了些端倪。

这是一本藏着玄机的书，很多页都被折了角，他试着去查找那些书页里有什么秘密或共同项，却始终摸不着门路。

“第一页，第五页，第十二页……”他念叨着，突然灵光乍现，他明白了，这秘密并没有藏在文字里，而只是单纯地躲在页码上，他把折着的那些页码按顺序抄下来，得到了一个完整的电话号码。

这是一个非常明确的邀约，朴风一下子从床上跳了起来。生性内敛且带着些孤僻的他，前些年的人生里，着实没有收到过多少异性的爱慕，他连对别人的爱慕都是小心翼翼。此刻却遇到个如此胆大的机会，他激动得都有点颤抖了，但这颤抖，又让他觉得羞愧，觉得不高级。

他是个作家，或许能书写出很多高于生活，甚至在往后能被称作伟大的文字，但他也具备所有人类的本性，面对爱慕，面对欲望，面对所有不曾得到的欢喜，他无法保持头脑的冷静，他还年轻，只受本能的支配。他兴奋得口干舌燥，拨了电话过去。

“喂，谁呀？”电话接通，那头是一个不耐烦的声音。

“我……我是朴风。”朴风被那语气冲得有点心虚。

“啊！”先是一阵尖叫，“你终于来电话了！我还以为你死了呢！”对面这一连串惊呼的脏话，把朴风整个镇住了，他有点怀疑这是下午看到的那个女孩吗？

“我，我睡了一觉，刚醒。”朴风简单解释了一下，越说越没底气，他想挂断电话了。

“哦，你们作家真是怪，大白天的睡什么觉啊？”她在那边嘀咕了一句，“那你是要约我吗？”

朴风很想说不是，只是礼貌性地打一个电话，但总觉得这理由又说不通，写东西的人爱讲究逻辑，生活中也一样，“嗯，嗯……”他说不出来了。

“嗯嗯什么呢？想约就约呗，电话都打过来了，害什么羞啊！”女孩儿误解了，接着又进一步误解，“就晚上八点在西瑞餐厅见吧，我替你决定了，晚上见哦！”女孩儿说着就挂断了电话。

听着听筒里传来的一堆忙音，朴风怎么都没缓过劲来，这是什么情况？他之前的人生没遇到过，看来两年后的世界，果真变得与从前不同了，或是说自己的境遇不同了。

可无论如何，欣喜还是惊吓，高尚还是卑劣，他都要去看看，这个新世界，到底是什么样子。

他跳下了床，整装待发。

晚上八点，夜色刚好撩人，西瑞餐厅的灯光，透过落地窗的玻璃，散发出丝质般的光晕，那靠窗而坐的食客，精致的妆容把玻璃杯触碰的清脆声都遮蔽了，外面的人看进去，就只剩下一场与世俗生活格格不入的彩色默片。

西瑞算得上是全城最好的餐厅，朴风从前路过很多次，连多看一眼都觉得心虚。此时刚入账的版税给了他些许的底气，但多年积攒下的寒酸底子还在，距离餐厅还有几十米的时候，脚步就轻了起来。他边走边观察着餐厅门前的人，看那女孩儿是不是提前到了。

他凭借下午的记忆，记得她是穿着运动装，扎着干净的马尾，可此刻，门前却没有这样的身影。他又四下寻找，刚要确定她还没到，就见一个穿着超大蓬蓬裙，烫着大波浪卷发的女孩儿朝他跑来，一边跑一边挥着手，“嗨！朴风！我在这呢！”

朴风傻了眼，错以为自己来到了十八世纪的欧洲，小妇人遇到了旧相识，兴奋地从马车上跳了下来。朴风还没缓过神来，女孩儿“扑通”一声摔倒了，就摔倒在他脚边，朴风下意识地伸手去扶，可手还没碰到，女孩儿自己站了起来，拍了拍裙子上的灰尘，又俯下身，从裙底抽出一双高跟鞋，“这玩意儿穿不惯，鞋跟太细了，粗点能死啊？”她把高跟鞋亮在朴风眼前，“没让你等太久吧？”

“没，没，我也刚来。”朴风躲过眼前的高跟鞋，打量着女孩儿，一脸的浓妆，“你和下午时有点不一样啊。”

“真的吗？哪儿不一样了？”女孩儿突然露出娇羞的神情，来回晃着身子，朴风明白，她肯定会错了意，以为自己在夸她。

“你的打扮挺，挺那个什么，挺隆重的哈。”朴风为了不伤害她努力找措辞，比写作时寻找一个合适的词汇还劳神。

“我这身衣服是借来的，我有个姑妈在剧团工作，这妆也是她给我化的，她说来西瑞餐厅吃饭，就得穿得正式点，她年轻时来过这吃饭，炫耀了半辈子。”女孩儿很坦诚的样子，这下朴风倒是不好再有什么挖苦的心了。

“那我们进去吧。”朴风说着朝里面走，女孩儿很自然地挎上了他的胳膊，另一只手还提着鞋。

“还不知道你叫什么名字？”朴风被挎着胳膊，有些紧张，急忙找了个话题。

“我叫陆琼，但你可以叫我玛西娅。”女孩儿说。

朴风疑惑地看着她。

“这是我的英文名，大家都这么叫我。”女孩儿的裙子太大了，两个人走得磕磕绊绊。

“你自己起的？”朴风只觉得裙子一直在蹭自己的腿。

“我们教练给我起的，女战神的意思。我们经常出国比赛，得有个英文名。”女孩儿说着停下脚步，已经到了餐厅门前。

“你是运动员？”朴风很惊讶，因为看着不像。

“踢足球的，我踢前锋。”玛西娅俯下身，把高跟鞋又穿上了，“进餐厅提着鞋怪难看的。”她有些不好意思地看着朴风。

朴风被她的职业惊住了，女前锋，听着像是一脚能把人踢残。他缓过神来，看着她的脚，想讲个笑话，让自己看起来自然点，“你脚这么大，能穿下的高跟鞋，也不太好找吧？”

玛西娅被逗笑了，“呵呵呵呵呵，确实不好找。”

两人走进餐厅，却被服务员告知已经没有位置了。两人没有恼火，只是才反应过来，这可是全城最火的餐厅，应该提前预订位置的。

朴风抱怨了一句，是怪自己没经验，但玛西娅却觉得是针对她的，“你说我干吗？我又没来过！”玛西娅很委屈，声音很大。

“我没怪你。”朴风比了个“嘘”的手势，示意她小声点，餐厅太安静，她这么大声，还穿成这样，又招摇又丢人。但是刚刚被玛西娅这么一叫，倒是引导起了餐厅经理的注意，经理走过来，询问怎么回事。

朴风以为惹了麻烦，急忙把玛西娅拉到自己身后，“没什么，没位置了，我的女伴有点儿不开心。”朴风尽量表现出得体。

经理迟疑了一下，盯着朴风看，然后试探性地问道：“您是朴风先生吧？”

朴风一愣，“是我，你怎么……”

话还没说完，经理已经在道歉了，“没想到真的是您，不好意思，让您久等了。”他做了一个请的手势，把朴风往里边请，又冲服务员挥了挥手，就有服务员扛着张小桌子走了过来。

朴风和玛西娅都疑惑地跟在经理身后，经理殷勤地道：“最近刚看了您的书，没想到您就大驾光临了，本店真是荣幸。”

朴风这才明白了因由，“你看过我的书？”

“当然，最喜欢您那段‘滴答，滴答，滴答’。”经理边走边说。临时加塞的桌子已经摆好，经理做了个请的手势，“二位请坐，祝您用餐愉快。”

经理离去，朴风和玛西娅坐下，都有些不可思议地看着对方，更加惊讶的当然是玛西娅，她看朴风的眼睛里，已经全都是崇拜。

“天啊，他竟然认识你！”玛西娅惊叹道。

这时经理又走了回来，拿了一瓶酒，还有一本书：“酒是本店送您的，如果您方便，请帮我签个名好吗？”经理把朴风的书递到他身前，朴风摸了摸口袋：“我没有笔。”

经理从自己胸前的口袋里把笔拿了出来递给朴风，朴风在书上签下自己的名字，经理一脸满意的神情：“再次祝二位用餐愉快。”

“谢谢。”朴风点头致意，第一次享受这种待遇，他也有点晕乎乎。

经理点了点头，优雅地夹着书离开了。

“没想到你这么有名？”玛西娅控制不住，声音还是很大。

朴风再次示意她小声点，然后向四周看看，没有引起别人的注意。“说实话，我自己也很惊讶。”他压低声音。

“我更惊讶好不好，我是碰巧才去的签售会，然后就看到你在看我……”玛西娅有些不好意思，“早知道这样，我是不敢给你留电话的。”她搓着桌布。

“我觉得这只是凑巧罢了，我的书卖得怎么样我心里有数，虽然不是太坏，但也没有太好。”朴风在慢慢掌握更多自己人生的信息变化。

玛西娅也不懂朴风是谦虚还是抱怨，但还是安慰他，“你别这么说好不好，你这才第一本书，已经很不错了。”说话间，她目光里的崇拜一直在。做球员，没成名之前总是寂寞，所以这刚刚过去的五分钟，已经算是她人生的高光时刻。

“嗯，嗯，我会努力的。”朴风想打住这个话题，他拿起菜单，“我们点菜吧，你想吃什么？”

没有得到回答。

朴风觉得奇怪，把挡住眼睛的菜单放下，看向玛西娅。只见她双手托着下巴，满脸爱意地看着自己，嘟着嘴巴，“你点什么我吃什么。”

餐厅里开始演奏轻快的爵士乐，一整晚都是单身人士不敢听的爱情韵律。

5

朴风难得在清晨醒来，都怪玛西娅起床声音太大，吵醒了他。玛西娅穿着衣服，看他醒了，嘻嘻一笑，知道自己动静太大，露出不好意思的神情。她俯下身，在朴风脸上亲了一口，“你再睡会儿吧，我今天有比赛，得早点去队里。”

朴风眯着眼睛也在她脸上亲了一口，“我下午去找你。”他翻了个身，玛西娅就离开了，下楼的脚步声和来时一样大，像是恨不得提醒所有人，朴风带她回旅馆了。

玛西娅离开后，朴风也睡不着了，洗了个澡下楼了。老板娘正在做早餐，看朴风起床了，默默地多做了一份，放到朴风面前，又端着一份要出门，很明显是要给丧葬品店老板送过去。

“他不是每天都自己过来吃早餐吗？你怎么还送过去？”朴风有些疑惑。

“你没听今天唢呐声都没响吗？”老板娘用下巴指了指对面。

“音箱坏了？”朴风不解。

“是心情坏了，生我的气了。”老板娘回答道。

“为什么？又吵架了？”朴风吃了一口煎蛋，有点咸。

“没吵架，我哪有工夫和他吵架，就是我昨晚喝多了，把他扎了三天的大花圈给弄坏了，一单生意黄了。哎，你们男人啊，不管多大，都爱要小孩子脾气，花圈重要还是我重要？”老板娘悻悻地说道。

“这还叫耍脾气？你要是把我写了三天的东西弄没了，我……”朴风突然想起，自己还曾烧了老板的一堆纸人，就收住了话。

“你怎么样？你还想打我啊？出息了哦，大作家了哦，你连着带那个女孩儿回来住半个月了，我都没多要你房钱呢！”老板娘说着冲朴风伸出手掌。

朴风立马笑嘻嘻的，握住老板娘的手，在手背上亲了一口。

老板娘急忙把手抽开，娇嗔地笑，“要死哦你，也学会滑头了！这花招别用在我身上，对付好你那小姑娘吧。我提醒你哦，那晚上的床轻一点晃，好多客人都投诉了，再说那床也老了，不结实，别塌了再把你们摔着。”

朴风这下又不好意思了，低着头吃了一口煎香肠，上面撒了胡椒粉，呛得他直咳嗽。老板娘说：“别急嘛，有点吃相。”这话有点一语双关，也不管朴风听没听懂，她自己先笑着离开了。

那店门一关一合，来回摇晃，和她的身姿一样。

老板娘出去不久，朴风吃完早餐上楼，对面的唢呐声又响了起来，响得人心烦意乱。朴风皱了皱眉头，有时候，他还真希望他们两个人的关系能破裂得再久一点。

朴风换了衣服准备出门，出版社的编辑约他聊一下下本书的计划，他虽然还没什么计划，但编辑已经约了几次，他不好再推托，只好把本子装进背包里，假装自己有一些想法的样子出门了。

地点约定在咖啡店，编辑早早就到了，是个中年男人，他们在新书分享会上见过，在朴风的记忆里，那次算是初次见面。而对于编辑来说，朴风和他早就是老相识了，在第一本书的制作过程中，他已经对朴风有了个全面的了解，他们应该算是朋友了。

“嗨，杜克。”朴风庆幸自己还记得他的名字，“你来得真早。”

“你已经是我今天见的第三个作者了。”杜克一脸严肃地说道。

“那真是辛苦了。”朴风紧张地说。

“哈哈哈，骗你的！我可不是二十岁出头刚入职的新人了，对工作怀有巨大的抱负，以为每天多做点事就能成功。”杜克爽朗地笑道，浑身都是阅尽世俗的睿智与幽默，“我现在对文学都不抱什么热情了。”这话倒又分不清虚实了。朴风也就无从接话，他坐下来，看了看杜克面前满着的咖啡杯，伸手招呼服务员，也要了一杯咖啡，又掏出烟点着。

“还是少抽点烟，虽然我知道创作时需要它，人生也需要些调剂和习性，但能少抽还是少抽点吧。”杜克看着朴风说道，但还是把装着咖啡渣的烟灰缸往他面前推了推。

“我倒没想那么多，就是不想戒。”朴风倒是坦荡。

“我知道，我戒烟快五年了，现在看你抽还是想抽，和第一天戒烟时一模一样。”

“不会吧？这么难熬？那为什么要戒啊？”朴风感到惊讶又疑惑。

“肺部出了毛病，整天地咳嗽，以前咳嗽几天就好了，可后来一直咳嗽个不停，医生建议我戒烟，我就是那时才突然意识到，自己不再年轻了。”杜克笑了笑，这笑容有无奈，也有怀念。

“哦。”朴风不知说什么好，他自然体会不到这种感受，“不再年轻”距离他还有些遥远，一个中年人说出这种话，只会让他觉得可怜和矫情。

杜克可能也察觉到了朴风的情绪，急忙转移了话题：“不说这些了，还是谈一谈你的下一部作品吧。”

朴风的情绪却还停留在刚才的话题里，经历了刚才的短暂谈话，他突然认为得对杜克坦白了，他不想再欺骗这个可怜又有点矫情的中年人。

“其实，我还没有什么想法。”话一说出口，朴风还是有些怕，怕杜克会发脾气，哪怕只是受伤也不好。

杜克没有说话，直勾勾地看着朴风，那眼光很奇怪，像看一个陌生人，但又不确信对方是陌生人。

“不过你别担心，我很快就会有新的灵感的……”朴风被那眼光看得慌张，一个劲地想往后躲，怕杜克一个刀叉飞过来。搞文字的人，心性都难测，这个他懂，所以他更怕。

“你最近都在忙什么？”杜克身子前倾问道，但语气又不像是责怪。

“没，没忙什么啊……”虽然不像是责怪，但朴风还是觉得心虚，“就是，就是最近认识了一个女孩儿……”

“谈恋爱啦？”杜克猛地释然，身体向后倒去，“怪不得呢，人一谈恋爱就什么都不记得了。”

“我，我没有……”朴风想解释自己并没有因为恋爱而不去思考下一本书的内容。

“谈就谈了嘛，有什么好害羞的。”杜克一脸过来人的表情，他以为朴风是在否认谈恋爱这件事情。

“我没有害羞……”朴风想把两人聊岔的话再说清楚，可是杜克却又不让他说。

“好了，我们不纠结这个了。”杜克拿出一个本子，回归正题，“你真的忘了吗？其实你早就给我报过下一本书的提案了。”

“我给你报过了？”朴风语调难免惊讶。

“是啊，你写完第一本书没多久就报过了，但我一直在忙你的第一本书，最近才有空看了你的构思，挺好的。”杜克眼神里有藏不住的认可。

“哦，哦，你这么一说我想起来了，因为你一直没给我回复，我就以为你觉得不好，所以自己就没把这个提案当回事。”朴风其实什么都不记得。

杜克点了点头，是终于弄明白的意思，“那我们现在就来把它当回事吧。”他翻开本子，“关于这个故事，有些问题我们来沟通一下，这个男主角会不会太老了……”

杜克开始梳理朴风新书的构思，而朴风此刻就是个十足的听众，每个字句对他来说都新鲜灵动，组成的故事也让他在心里暗暗叫好，他感谢这些等于是从天而降的构思，这对他简直就是恩赐。他跟随杜克的话，假模假式地来了一番探讨，就拥有了完整的故事。他没敢掏出本子，在心里全都记了下来。

出了咖啡馆，已经是午后，风带来了些舒服的温度。杜克问朴风要去哪里？朴风说去看场球赛，也没有邀请杜克同去的意思。

杜克抬头看看天空，空荡荡的，什么都没有，却能看到些人生的广袤。

“作家最大的好处就是，人生的每一件事都不是浪费。”他说完看着朴风，朴风笑了笑，算是回应。

“我曾经也想过自己写文章，可是写作这玩意儿，还是要看天赋的。”杜克拍了拍朴风的肩膀，“我羡慕你。”

他说完就走了，都没有给朴风留下回应的空隙。朴风只得盯着他的背影，似乎看到了些人世的忧愁，和这整个初秋空气中的味道，有着某种内在的相似。

人生最浓烈的日子，都过去了。

朴风赶到球场时，球赛已经开始，这不是什么大型的球赛，也就不是在正规的体育场举行的，而是在一所大学的训练场，不收门票，但观众也寥寥无几。

朴风在场边找座位，草地刚洒过水，有些滑，他差点摔倒，身旁的男人拉了他一把，朴风说了声谢谢，抬眼一看，是个光头的大块头。因有了这拉一把的善意，朴风就和他坐在了一排椅子上。

球赛已经开始了一会儿，朴风有轻微的近视，他从包里掏出眼镜戴上，才寻找到玛西娅的身影，她穿着红色队服，十号，是前锋。这是区女足联赛的一场比赛，目前的积分排名朴风也不清楚，但出于本能还是希望玛西娅的球队能赢。

这是他第二次来看玛西娅的比赛，上一次刚开场五分钟，就下起了雨，球场没有屋顶，把球员淋得湿漉漉的，运动内衣都从 T 恤里透了出来，姹紫嫣红一片。后来雨越下越大，草坪也积水，球滚不动，只得取消比赛。听玛西娅说，之前有更夸张的，有个球员被雷电击中，直接劈死了，听着就够吓人的。

今天天气看起来不会再出意外，连云都没有，所以不会有雨，更不会有晴天霹雳，朴风也就能认真地看一看玛西娅的表现。他平时也算半个球迷，可不喜欢来现场，觉得没有电视机前看着干净舒服。现场看球，会觉得永远乱哄哄的，教练对球员的谩骂都能听见，参与感太强，他认为凡事疏离些才最能看得清楚。

当然，这也可以说是一种新鲜的体验，但若不是因为爱情，他不想让人生再多这种体验。杜克说的话对，可也不是全对，人生总有些重复且没有快感的体验，这对作家来说，没有任何帮助。

还好这次观赛的体验并不重复，他刚坐下玛西娅就进球了，进球后兴奋地在场边飞奔，还脱下了上衣，露出了橘色的运动内衣，橘色代表着快乐，玛西娅也因这快乐吃到了一张黄牌。

这张黄牌让她冷静了一点，她把衣服套上，才看到了场边的朴风。这一下倒是有些害羞了，连挥手都没敢挥，只是多看了几眼，就回到了队形中，可朴风能通过那几个表情，读出她的欣喜。或许，她也读出了自己在为她快乐。恋爱中的人啊，快乐和悲伤都是隐藏不住的。

身边的大块头手里抓着一罐啤酒，喝一口酒就不停地在抖腿，“靠！都脱了还穿上干吗啊！看看那大胸，穿运动内衣还一晃一晃的。”他说着看向朴风，露出遇到同好者的笑，朴风勉强笑了一下，是希望这笑能停止这个话题。

“这帮女的在这瞎踢什么啊！把腿踢得那么粗，哪个男人能要她们？要是倒贴我啊，我也就是勉强睡一下。”他又用手肘杵了杵朴风，“哎，你知道吗？她们找不到男人睡觉，就互相睡。”

这下朴风没笑，而是愣着看向大块头，大块头会错了意，“你不信啊？真的！你看，场上有一半都是假小子！”他又喝了一口酒，“这里面啊，我觉得就刚才脱衣服的那个女人还值得睡一下，大胸大屁股，看着就过瘾。”大块头说着下流地笑了起来。

“你闭嘴！”朴风终于忍无可忍，拿起自己的背包，用尽全力砸向了大块头，但似乎没造成什么伤害。

大块头愣了一下，摸了摸头，“你是在打我吗？”他确认了一下这无效的袭击，把啤酒罐狠狠地摔在地上，揪住朴风的衣领，一拳挥过去，朴风就倒在了地上。

这两年朴风不知道是怎么过来的，身体为什么这么虚弱，他竟头晕目眩地站不起身来了。

大块头又朝他走了过来，把他拉起来，逼着他站直身子，接着又是一拳，这一拳比上一拳还结实。

朴风倒在地上，鼻尖有青草和血腥味，他思绪混乱，仍旧站不起来，他也不想再站起来。他知道自己今天倒霉，想着，这下大块头该收手了吧？

大块头是收手了，却不是自愿的，朴风眯着眼睛，看到一群红色朝自己涌来，却又不是涌向自己，紧接着是一阵骂声、拳打脚踢声。然后有只手伸向了自己，朴风再次被拉起来，视线扫过手掌、手臂、肩膀，才看到玛西娅的脸。他想笑一笑，玛西娅却扭过身去，把他拉到大块头面前，大块头跪在地上，周围都是玛西娅全队的队员，连守门员都跑过来了。

大块头鼻青脸肿，一个劲儿地求饶，玛西娅一脚踹过去，“刚才不是挺猛的吗？欺软怕硬啊？”

“对不起，我对不起各位姑娘。”大块头用手抹着鼻血，也不敢抬头看。

“谁是姑娘啊？这有个男的，我要你和他道歉。”玛西娅把朴风推到前面，大块头看了一眼朴风，眼里全都是惧怕，“对不起兄弟，我瞎了眼才打你，不知道你认识这么多姑娘，你就原谅我吧。你看我这身上被她们踢的，她们穿的球鞋底子都带钉，我这肋骨被踹得生疼，好像都折了……你要是还不解气，你就再打我两下，你打我总比她们打我好，你打我不疼……”

“你说什么呢！”玛西娅又是一脚。

“算了，算了。”朴风拦下玛西娅，其他队员抱着胳膊，都是一副不好惹的架势，特别是那几个短发的。但她们也都在劝玛西娅，说先带你男朋友去医务室吧，他鼻子和眼角还淌血呢。玛西娅这才饶了大块头，带着朴风去了医务室。朴风心里虽是感激玛西娅，可男人的自尊又在作祟，让他多少有些不是滋味。

“我知道你是为我出头才惹的祸，他都纠缠我好几次了。”玛西娅这话说得及时，挽救了朴风碎了一地的自尊。朴风冲玛西娅笑了笑，眼角挤在一起，还真疼。

玛西娅的这场球赛又毁了，比赛取消，玛西娅她们队明明已经领先，却还是被罚了 3 个球，球员因为斗殴还被罚了款，一切都糟糕透了。

似乎每次朴风来，都没好事情发生，他自己也知道，便暗暗发誓，再也不来现场看玛西娅的球赛了。由于愧疚，他邀请队员们一起吃晚饭，但队员们有各种各样的事情要忙，最后只有三两个答应了下来，但后来也没有去餐厅，而是直接去了酒吧。

去酒吧的路上，玛西娅挎着朴风的胳膊，一路都在和队员说笑，建筑转角处吹来的风，让她的头发飞了起来，那些笑声也飞了起来。所以她们并没有注意到朴风的局促和紧张，也没有注意到，他在经过一家酒吧时故意别过了头去。

那家酒吧的落地窗前，站着那个声音苍老的服务员，朴风和他对视了一眼，就赶紧躲开，假装不曾相识。而那双眼睛却一直烙在了朴风的脑子里，深邃地凝视着他，提醒着他的投机取巧，那目光让朴风觉得心虚，好似这些身边的欢愉都是偷来的。

一直到进了玛西娅她们选的酒吧里，朴风的心还是慌慌的，但那快速跳动的节奏，正好和酒吧里音乐的律动匹配，而那昏暗的灯光，也完整地遮盖住了他不安的神色，所以当两杯酒下肚后，朴风的心渐渐轻松了起来。

玛西娅和队友们吃了些汉堡和薯条后，就到舞池里跳舞了。朴风开始不愿去，只是站在不远处看着她们，可其实也看不清，只能看到一群人在那舞动着身体，如果没有灯光和音乐，也是件挺尴尬的事情，像被鬼神附体，也像是某种无从表达的行为艺术。

玛西娅跳开心了，跑过来硬拉着朴风也过去一起跳。朴风虽然进去了，可也浑身不自在，常年写作，让他除了内心羞涩外，身体也僵硬不协调，他试着舞动了两下胳膊，就因为拥挤打到了身边的人，又急忙向对方道歉。玛西娅的队员们都笑了，他就更不好意思了，想要躲，玛西娅就伸出双手拉住了他带着他一起扭动。

玛西娅掌心的温度把朴风的羞涩晕开了，他的身体柔软了些许，耳朵也可以抓住音乐的节奏了，他在一片昏暗中看着玛西娅明亮的眼睛，周边的灯光就全都熄灭了，他在黑暗中舞动着身体，是从未有过的轻松快乐。

舞池的音乐突然变得轻柔舒缓，如水般流淌，周边舞动的人们都寻找到了一个怀抱，朴风也把玛西娅揽入怀中，两人拥抱着，跟着歌曲摇晃着身体，全都是笨拙。玛西娅的头靠在朴风的肩膀上，是好闻的洗发水味道，朴风在那花草的香味中，缓缓地闭上了眼睛，眼前就是一整个春天。

那一刻，他的心中猛地升起一种侥幸，他怎么会有这么好的运气，遇到了一个只要看一眼就能感到心安和幸福的人？所以，一切是投机取巧也好，是偷来的也罢，都不想去管它了，他此刻只想如万物一样沉醉在春风里。

他听见歌手嗓音粗粝又沧桑，在反复地唱着：

When a man loves a woman,

（当一个男人爱上一个女人的时候）

He’ll spend his very last dime

（他会为这倾家荡产）

Tryin’to hold on to what he needs.

（试着紧握住他需要的东西）

He'd give up all his comforts

（他会放弃所有的舒适）

And sleep out in the rain，

（睡在雨中）

If she said that's the way it ought to be.

（如果她说就应该这样）

Well，this man loves you，woman.

（好吧，这个男人爱上这个女人了）

从酒吧出来时，已经是凌晨，玛西娅的队友们都喝多了，摇晃着，带着酒气散去。朴风和玛西娅却不舍得这夜晚轻易地结束，他们翻过体育场的围栏，躺在草地上看星星。

头顶星群闪烁，仙后座很是明亮，玛西娅深吸一口气说，最喜欢秋天了，好希望时间能停下来。

朴风却不解风情地说："一生有很多个秋天。"

玛西娅说："我在说情话你听不出来吗？好不容易想到一个不那么直接的，想了好几天呢。"

朴风笑了，不出声，玛西娅侧过头看他，也跟着笑了。她伸手搂住朴风说："听说在南方有一个地方叫湖畔森林，一年四季都是秋天，我们有时间去那住一段时间好不好？"

朴风说没有哪个地方一年四季都是秋天的。

玛西娅说有，就有。

朴风说："好吧，那我带你去。"

玛西娅侧过头吻了朴风的脸颊，发丝扫过他的脖子，痒痒的，他眯起眼睛，凉风吹过，吹糊了漫天的星光。他也侧过头，亲吻着玛西娅。

时间轻飘飘地从他们身边溜过，什么都带不走。

6

时间什么都能带走。

日子又往前推了几步，玛西娅要出国踢球了。

她是在302房间的床上告诉朴风这个消息的，他们满身都是汗水，朴风推着玛西娅让她先去冲个澡，但玛西娅却更紧地抱住他，“让我多抱一会儿。”

朴风抽出手在床头拿出根烟点着，抽了一口，玛西娅抢了过去，自己抽了起来。“运动员别抽烟。”朴风把手伸过去要夺回来，玛西娅却挥着手不给，“要不我不踢球算了。”

“算了，你放不下的。”朴风说得肯定，又点了一根新的烟。

“你还挺了解我的。”玛西娅抽了一口烟，很熟练，但说出的话，却显得犹犹豫豫，“我们队有个出国培训的名额，去德国，你知道的，那里有世界上最顶尖的女足联赛。”

朴风愣了一下，随即明白过来，也是犹疑地问：“你被选中了？”

“你希望我被选中吗？”玛西娅仰头看着朴风，把问题抛了回来，这问题已经拐了个弯。

朴风坐直了身子，必须正经面对了：“这个培训有多久？”

“最少两年。”玛西娅回答得干脆。

朴风的身体一抖，烟灰落到了床单上，他急着把烟灰弄下去，“这个机会太难得了，是不是表现得好就能留在欧洲踢球？”那烟灰像黏在了床单上一样，他弄得手忙脚乱的。

“那边竞争比国内残酷得多。”玛西娅感受到了朴风情绪的起伏，话就只说了半句，挑坏的说。

那烟灰终于被弄掉了，朴风看着玛西娅，却也不敢直视，目光就又瞥到了窗外，对面人家的窗台上，有只麻雀待在那里不动，“我知道这是一个机会，是一件好事，我当然希望你能被选上……我知道这话很自私，可还是要说，我心里难受，舍不得你走。”朴风狠狠地吸了一口烟，呛得直咳嗽，跟第一次抽烟似的，眼泪都呛出来了。“我可没哭啊，是烟呛得。”他擦着眼睛说道。

玛西娅掐灭了烟，坐起身，把朴风的头抱在自己胸前，像个母亲抱着孩子，反复摩挲着他后脑的头发，“我心里也难受，我也舍不得你。”她吸了吸鼻子，“没事的，也不是一定就能选上我，我们队的小欧，最近表现也很好，没准就选上她了。”

“你其实很想去吧？”朴风抬起头，像个孩子般眼神懵懂地问道。

玛西娅问道：“你想听我的真心话吗？”

“你反着说我也能听懂。”朴风抖了个不合时宜的机灵。

玛西娅沉默了一会儿道：“你写第一本书的时候，期待它快点出版吗？”玛西娅说完，直视着朴风的眼睛，朴风却把眼睛闭上，他不用去看，也知道那目光的背后满是对事业的热忱，他全都明白了。

三个月后，玛西娅登上了去德国的飞机，朴风从机场走出来，冬天就来了。很清丽的雪洋洋洒洒地下着，朴风穿着件新买的黑色大衣，这是玛西娅给他买的，他把红色的围巾系紧了些，围巾也是玛西娅给他织的，他刚走出机场十几步，就开始想念她了。

这想念让他难受，慌乱，胸口堵得慌，不知怎么办，他想找人倾诉，却又不知找谁才好。他掏出手机给编辑杜克拨了过去，说的第一句话是，“之前报的那个长篇选题我不写了。”第二句话是，“我要写一个爱情小说，跨国恋的，开头就是男人送女人出国，男人走出机场，下雪了，男人预感到这个冬天会像一生那么漫长。”

杜克愣了一下问：“你女朋友出国了？”

朴风用沉默代替了回答。杜克想了想说了句苍白的加油。

朴风说了声谢谢，然后挂了电话，北风就吹进了脖颈里，还有雪，真冷啊。

这个冬天太冷，死了很多人，也不确定是不是冷死的。丧葬品店的生意格外的好，老板扎了很多的纸人，在门前摆了一排，风一吹，纸人都哆哆嗦嗦的，唢呐的声音也随风飘忽起来。

朴风偶尔推开窗户望出去，冷风就灌进房间，交换走一些混浊的空气。他能看到老板娘也坐在丧葬品店里，给老板打下手，一只手还夹着烟，老板阻止她，劝她老实坐在一边，别把纸人点着了帮倒忙。

老板娘就骂骂咧咧，骂的不是老板，是自家旅馆的生意，隔着一条街的地方，新开了一家快捷酒店，抢走了大半的生意。

老板劝她别恼，到了这个年纪了，也别想着赚大钱了，够吃够用够养老就行了。老板娘却不依，说："你老光棍一条当然看得开，我不行，我还有个女儿呢！"老板就不再说话，吃了闷瘪继续扎纸人，竹子上有刺，扎到虎口，他拔掉用手含住。

朴风想起两年前帮老板娘写的那封信，也不知道有没有下文，隔天便找了个机会问老板娘。老板娘在晾床单，一听脸色就变了，把手里的床单抻得啪啪响："别提那个没良心的小妖精！就知道管我要钱，和她死了的爸一个样！"

朴风就明白了，那封信有了作用，她们联系上了。

老板娘从盆里又拿出一条床单，让朴风帮忙抻着，她用力地甩，"我和你说啊，你那个叫什么玩意儿的女朋友……"

"陆琼。"朴风提示她，接着又补充道，"但她现在在国外，大家应该都叫她玛西娅。"

"对，就是那个小玛，你千万不能给她汇钱，不管有什么理由。你给了她钱，她就拿着钱和外国帅哥乱搞，女人都是水性杨花的，看着再正经也不行，这点我比你懂！”老板娘说得义正词严，是个过来人。

“她没有管我要钱。”朴风回答得诚恳。

“你们分手啦？”老板娘逻辑跳跃。

“没分手，我们感情很好的，每天都通电话，她昨天和我讲电话还被教练骂了。”朴风说到这竟笑了。

“哦，那就好，那你觉得异地恋久了，会变心吗？”老板娘晾完最后一条床单，其他所有床单都冻住了，挂在晾衣绳上，像一条条僵住的瀑布。

没等朴风回答这个问题，老板娘已经端着盆进屋了，朴风看着那最后一条床单也慢慢地冻结住，都不再似夏天午后的迎风舒展。这世界的一切都随着季节在变化，哪怕循环也是变化，除了他对玛西娅的爱。所以不用怀疑，他当然不会变心，且这爱愈加浓烈，到了近乎痴情的地步。他走在街上，看每一个女人的背影都像她，可也明白不是她，但只是这一晃而过的念头，都会让他的心难受地抽一下。

他还经常会跑到之前玛西娅比赛的球场，在那里呆呆坐上一个下午，看着球场上的球员在比赛训练。十号队服有了新的主人，他只因玛西娅穿过同样的队服，便愿意把目光更长久地停留在那个人身上。

之前被打的大块头偶尔也在，他冲朴风笑笑，说还是原来那个十号踢得好，现在这个连空门都踢不进，像对方的卧底。

他也冲大块头笑笑，偶尔也接过大块头递过来的啤酒，永远的冰凉，喝一口，两人也算和解了。冬季的天空，哪怕有日光也灰蒙蒙的，草地一片枯黄，有麻雀在身后跳来跳去，大树掉光了叶子，全都是萧条。

夜里，他走过西瑞餐厅，餐厅窗子暖黄，里面的爵士乐在开关门之际飘了出来。他走了进去，还是要排队，经理又给他加塞了张桌子，他坐下来，左顾右盼，觥筹交错，食客如云，偏偏自己面前少了一个人。

朴风起身离开，一出去，寒风就灌了满怀，他在街上漫无目的地走着，节日快到来了，行人脸上都不自觉地洋溢着欢喜。他转头看到一对情侣嬉笑着快步走过，就又开始想玛西娅了，在每一个见缝插针的时刻。

这个冬天，过得好慢啊。

朴风的新书进展也很缓慢，他把对玛西娅的思念全都化作句子写进书里，可这思念太浓重了，笔笔用力，写过读起来反而觉得心虚，在强行煽情。杜克来过几次电话，询问稿子的进度，朴风谎称一切顺利，实际稿子的页数只减不增，和存款的余额一样，他估算了一下，那些钱，撑不了太久了。

他点了根烟，还没来得及抽，所有的烦绪就都写在了脸上，哪怕习惯沉默的人也能看得懂。

丧葬品店的老板叫他下楼，他一下来就看到老板娘把一棵沾了雪的松树拖进了屋子，在一点点地修剪装饰，往上面挂一些彩带和气球，力图打造成一棵合格的圣诞树。她对生活多出了许多的情致，应该都是拜和丧葬品店老板的这段稳定关系所赐，连酒都喝得少了。

朴风以为老板是叫他来帮把手，可老板却拍了拍身边的位置，让他坐下，他坐下后才发现，老板在一边喝着啤酒一边看西甲的男足联赛。老板顺手也递给朴风一瓶啤酒，没有过多的话，但朴风已经明白，这就是他叫自己下来的全部事由，他知道自己痛苦，所以想让自己轻松片刻，转移一下注意力。

可这一好心，却酿成惨案，朴风两瓶酒下肚，有些晕了，脸上也浮起了些类似舒心的笑容，但下一刻，屏幕里的十号前锋进球了，绕着球场奔跑，要脱衣服庆祝，却被队友阻止了。他一下子就变了脸色，再也控制不住自己，冲到电视机前，抱着电视机大哭起来。

老板娘被他突然的哭声吓得手一抖，把圣诞树的气球戳爆了。老板被气球爆了的声音吓得手一抖，手中的啤酒掉在了地上。老板赶紧把啤酒瓶捡起来，洒了的酒还没有朴风的眼泪多。

老板不知所措，知道自己惹了祸，手里握着啤酒瓶，僵在那里。老板娘瞪了老板一眼，有无可奈何的埋怨，她放下手头的活，靠过去，把朴风从电视机前拉回了沙发上。

老板娘揉着朴风的头，安慰他，朴风觉得她的手像极了过世的母亲，他已经很久没有想起母亲来了，这下哭得更凶了，似乎把这些年的委屈都哭了出来。老板娘也一下子不知所措了。

两个人就那么僵着，看着朴风哭，像看一只开关坏掉的闹钟，铃铃铃铃，不知何时能停止颤抖。

朴风哭了好一阵，哭到那么一点点的酒醉清醒了，突然意识到世界好安静。他抬起头抹了抹红肿的眼睛，后知后觉地发现丢了人，支吾着说了声对不起，又说了声谢谢，仓皇地跑上了楼。

老板和老板娘看着那背影，对视了一眼，想说些真年轻啊、爱的激烈之类的话，可最后什么都没有说，因为那些到嘴边的话分不清是讥笑还是羡慕，抑或还有些什么，可终究都是说不清。

圣诞节到了，无论人类日子过得如何，节日都毫不吝啬或不知好歹地准时到来。

朴风给老板和老板娘各买了一份礼物，差不多花光了最后一点可怜的积蓄，算是对大哭那件事的补偿。其实他也不知道在补偿什么，可就是觉得好像欠了他们点东西，类似于亲疏关系摇摆中的示好。

面对买好的礼物，推辞就等于伤害，两人虽然都知道他没钱，但也不能坦荡地明示，便只好欢喜地收下了礼物，然后去张罗晚上的饭菜，这就算是回赠了。

夜里下了雪，洋洋洒洒的，粉饰掉了所有的陈旧与破败，有几个小孩子，骑着单车穿过街道，嬉笑声落在了身后。朴风站在窗前静静地看着，雪吸走了周围环境的声音，难得的宁静，人生总有些需要天气应景的时刻，会觉得是眷顾是恩赐。

旅馆今天没外人，这种日子有家的都回家了，在外的人也找类似的温暖去了。

老板娘和老板两人做好了晚餐，叫朴风下楼来吃，朴风坐到餐桌旁，就被一桌子的菜肴惊住，是丰年的奢侈。三个人围坐在桌子旁，老板娘举起酒杯，说了些符合节日气氛的话，三人的杯子在空中发出清脆的触碰声，竟有了种相依为命的扎实感。

朴风吃得少喝得多，很快就醉醺醺了，他晃晃悠悠地一直在笑，也不知道笑些什么。窗外的雪越下越大，他只穿了件毛衣就跑到外面，有雪包裹着，也没那么冷。他坐在门前的台阶上，点了根烟，看着街上老旧的霓虹灯，岁月的颗粒感就揉了进来。

旅馆的门一开一合，老板就坐到了他身边，也没给他披件外套，只递给他一个信封，“到了我这个年纪，你就会明白人生真短。”老板也点了一根烟，看着雪落下的瞬间。

朴风不明其意，疑惑地打开信封，竟是一张机票，能飞往欧洲，飞往玛西娅身边。朴风霎时明白过来，一时混乱，兴奋难表，眼睛亮晶晶的看着老板。老板点了点头，“我俩送你的圣诞礼物。”

朴风用力抱住老板，又觉得别扭，跑进屋子里，抱住在洗碗的老板娘，在她脸颊上亲了一口。

“要死啊！瞎闹什么！”老板娘笑着骂道。

朴风人已经不见了，“咚咚咚咚”的楼梯声是他庆祝这个节日的方式。他躲进屋子，平躺在床上看着机票傻笑，又起身打开衣柜，把最好的几件衣服都装进行李箱，听说欧洲更冷。他把玛西娅织给他的围巾，围在了脖子上，那柔软的质感，是八月的棉田和会飘的云，是玛西娅的发梢和脖颈，是一切唾手可得的温柔。

停机坪上，工作人员正在给一架飞机做着除冰工作，朴风透过巨大的落地窗看着外面，雪刚刚停下来，风把地上的一个塑料袋子吹跑了，工作人员在后面追，追得头发凌乱。

朴风盯着自己的这班飞机信息，由于之前大雪，一直处于延误状态，都三个多小时了，但还不算太糟，今天已经有五个航班被取消了，他担心自己的是下一个。他又给玛西娅发了条信息，让她别担心，也别着急，他们就要见面了，不差这几个小时，这种幸福感的延宕，是戏剧里惯用的伎俩，只为两人拥抱那一刻，能获得更大的满足感，他的小说里经常使用这种技巧。

玛西娅还没有回他，他便想起昨天给玛西娅打电话，告诉她自己将飞过去看她时，玛西娅兴奋地在电话里大叫，她说自己今天在队内选拔赛上进球了，现在他又要来看她，她觉得人生好幸福！接着她又跳跃了几下，尖叫了几声，由于叫得太大声，被室友抱怨了几句，那边是深夜，朴风后悔自己因兴奋忘记了时差，电话那头却传来玛西娅和室友的对骂声，接着是一些东西破碎的声音，还有身体跌跌撞撞的声响，然后电话就挂断了。

朴风知道，玛西娅又和室友打架了。他相信玛西娅的打架能力，知道她不会有大碍，但也想着见了面要劝劝她，要学会控制自己的情绪，不要冲动，踢球不但要有技术，还要有“球商”，遇到事先冷静地想一想，总有解决的办法。

他这么想着，就听到了通知登机的广播，朴风的思绪被拉了回来，抬头去看那架飞机，已经完成了除冰的工作，跃跃欲试地就要起飞了。朴风心里所有的担心和长久等待的火气瞬间都消失了，他清清爽爽地哼着歌，走向登机口，坐上摆渡车，登上飞机，系好安全带。手机就在这时响了起来，是玛西娅打来的，朴风以为她是要询问飞机延误的状况，没想到她那边却传来了抽泣的声音。

“对不起，对不起，对不起……”玛西娅一个劲地道歉。

“怎么了？到底怎么了？”朴风预感到有些不对劲。

“他们欺负我是外国人，明明是我受伤了，脸都被打肿了，可是教练却把责任都归在我身上。”玛西娅哭得可怜兮兮。

“怎么会这样？等我过去找你们教练要个说法！”朴风说着下意识地握紧了拳头。

“你别来了，你来了也见不到我，我被下放到预备队，去中亚拉练，天亮就出发。”玛西娅哭得越发伤心，朴风也就知道了她一开始道歉的原因。

“能不去吗？我这边已经登机了，实在不行你晚去一天也行，我们在一起待一天，一天就行。”朴风几乎在乞求了。

“对不起，真的对不起，我做不了主……”玛西娅还在电话那头边哭边道歉，朴风却什么也听不进去了。

他挂了电话，解开安全带，逆着人流下了飞机，跑出登机口，身后的工作人员在呼喊他，他也置之不理，只是一味地往前走着。他不敢停下脚步，身体里似有火焰在燃烧，把骨骼烧得噼啪作响，有一股怨恨在心间聚集，流窜到每一条血管每一寸肌肤。他受够了，受够了这些过于普世的苦难，这些常规俗套的折磨，以及人世间规则的摆布，他想要甩开这一切。

他在机场外拦了辆出租车，那出租车还没来得及换上雪地胎，一路打着滑把他送到了酒吧，那个冷一之前带他来过的酒吧。

又是夜色刚刚降临，霓虹灯在雪地上闪烁出蒸汽时代的忧愁，朴风带着满身寒意走进去，吧台上吊挂着的一排酒瓶叮当摇晃。吧台里的服务员看了他一眼，只从目光就能分辨出，他还记得朴风，他仍旧用苍老的声音对朴风说："这回你想要什么？"

朴风站在吧台前，第二次光临，已是老顾客，轻车熟路，语气坚定："我要一醒来玛西娅就回到我身边。"

服务员了然地点了点头，转身去调制这杯饱含思念的酒，片刻，推到了朴风面前，淡蓝色的，冒着丝丝的白气。朴风迫不及待地一口干掉，刺骨的凉。

"祝福你，时间会帮你解决一切问题。"那苍老的声音还在耳边盘旋，朴风就已经失去了意识。

那家酒吧的门，在风中轻微地摇晃着，似乎有人进来，却更像是人去楼空。

而世界，仍旧匆匆运转着。

雨下了起来，把雪浇融，冬天就过去了，春雷在遥远的天空下响彻，冬眠的虫子长出了翅膀，死寂的大地松了口气，海角的灯塔亮起了光。

这是梦苏醒的前兆，每个梦都不是无缘无故地醒来，只是没人去细心地察觉。

雨不停，风也不止，躲在屋子里的雨夜，百叶窗阖下，只能靠听觉捕捉，雨水哗啦哗啦成片地往下落。朴风走到窗前，想要在窗子上撑起些缝隙，却有什么在一下下撞着他的脚。他低下头，是一辆遥控小汽车，拿起来看了看，很熟悉，竟是童年玩过的玩具，不看到都想不起来了。

他满是疑惑地拿着小汽车，不知它是怎么穿越时光找到自己的，脚下却又传来了撞击的感觉，低下头，又是一辆小汽车，和手中的一模一样。他还没来得及再去俯身捡起来，耳边的雨声就变得更大了，整个房间也开始摇晃，屋顶被飓风掀翻，四面墙利落地倒掉，头顶落下的不是雨水，而是盛大刺眼的光。

朴风在椅子上猛然醒来，环视了一圈，人来人往，很多人举着牌子，满身都是等待的焦急，他才确定自己的位置是机场的到达区。

他面前的保洁人员在提着水桶拖地，拖把一下又一下地撞着他的鞋子，他把脚收回来，保洁人员又去拖他坐着的椅子下面。他不情愿地把腿抬起来，保洁人员随便拖了两下，把拖把放进水桶里，哗啦的声音，和梦中的雨声相似。保洁人员没由来地白了朴风一眼，是一种对自己生活不满意的人才有的处处不顺眼。

朴风顺着保洁人员的背影向上看，机场的钟表上显示是下午三点半，再把眼睛聚焦一点，钟表下面还有日期，朴风换算了一下，是喝下酒后的一年零三个月。他掏出手机来，里面有他和玛西娅互发的信息，最后一条是十小时前，玛西娅发来的，“我登机了”。

朴风的思绪总算有了着落，和一年零三个月前接上了，玛西娅马上就回来了，比预计的要提前半年。他如梦初醒，度过了那一小阵的恍惚期，终于彻底清醒，也兴奋起来。他再次环视了一圈，朝着一个方向走去，那边有快餐店，快餐店旁边是咖啡店，咖啡店的角落里有一家花店，他要去买一束如早春般新鲜的花，送给玛西娅。

玛西娅捧着那束花，脸上挂着整个早春的笑意，可朴风的脸上却落了些阴霾，他盯着玛西娅看，她架着拐杖，右脚打着石膏，脚尖轻轻点着地。他脸上的阴霾有了微妙的转变，那表情叫作心疼，玛西娅懂他，只一个表情也懂，没开口也懂。

“我就是普通的受伤，养几个月就好了，你别担心。”玛西娅大咧咧地说道。

朴风不说话，也明白了玛西娅为什么能提前回国，他转过身，将整个后背留给玛西娅。

玛西娅看着这背影，以为他生气了。“你干吗啊？”

“快上来啊！我背你！”朴风催促道。

玛西娅明白了，也有些羞赧了，她把拐杖一扔，趴在了朴风的背上。

作为一名足球运动员，玛西娅不轻；作为一名靠写作为生的人，朴风很弱，背着玛西娅就稍显吃力。从接机口到乘坐出租车处，距离差不多三百米，朴风走得艰难，双腿都在颤抖。

从前，很多写作的夜晚，朴风整晚盯着文字，烟抽了一包，写写删删，到最后变成一片空白。他下楼散步，看到从酒吧出来的男男女女，每一个人都很快乐，摇摇晃晃，他们在不属于工作的时段尽情放松挥霍。他却不能，他心里时刻想着那些虚幻的故事，心上没有一刻是清闲的。

他羡慕他们，也曾想着要不算了，去找一份和文字无关的工作算了。但不管是那时还是此刻背着玛西娅，他的心境都是一样的，再难，也没有真正地想放弃过。

能轻易放弃的，就不是爱了。

两个月后，他和玛西娅结婚了。

7

在结婚之前的一个月，朴风的第二本书《暖冬》上市了，从这书名多少可以探知到他内心的某些状态——人生的苦难都过去了，连冬天都是温暖的，往后每一刻也都应该是幸福的。或许现在这笃定还为时过早，但他至少确切地触摸到了幸福的模样。

正如他在书里写的那样：“想在一个寒风到来的日子里，赶在炉火点燃之前，温暖你。”

旅馆老板娘在看到这段话后，沉默了好久。她端了杯酒，出神地望着北方，目光里有炉火中的木头在燃烧，噼里啪啦的声响里，带着森林的香气，也带着往事的浓稠。

丧葬品店的老板靠过来，问她在想什么呢？她才回过神来，说都是些不值得提的事情，老板便没再追问。半路相识，如两湾江水相遇，都不澄明，便也不必追问过往，他只说，朴风要搬走了。

老板娘先是一愣，接着想起朴风前几天和她说过这事了，可当时手头在忙别的，只觉得搬家又不是久别，便没太放在心上。但此刻不知怎么的，可能是手中的书让她柔软了些，她心中突然升起几分久违的怅然，可也没多说别的，只是淡淡地“哦”了一声，把酒杯里的酒，喝光了。

朴风搬出旅馆那天，天气刚开始热起来，在这住了四年，东西倒也不多，丧葬品店老板的一辆车就都装下了，后座也堆得满满的。

老板开车，朴风坐在副驾驶上，就没了老板娘的位置，她把朴风落下的一双鞋子扔进车里，撑着车门说，有空就常回来看看。朴风说，你有时间也过去坐坐。老板娘说，怎么有种再也不回来的感觉，说完两个人的眼眶都有点红了。还好老板及时启动了车子，车子开动，朴风透过后视镜看着老板娘的身影远去，胸口突然闷得慌。

车子开到新家门前，老板帮着往里搬东西。房子不大，这是他们刚租下的，玛西娅在里面打扫卫生，她的脚还没有完全好，能走路，但也一瘸一拐的。搬完东西，玛西娅给老板递过去一瓶水，老板接过去也没喝，汗把他的衣背都湿透了。朴风递给他一支烟，他接过去就上了车，朴风跟到车边，老板把车打着火，也不走，说：“你这一搬走，我俩心里都空落落的。”

这话太浓，朴风不知道怎么接，掏出打火机给老板点着了烟。老板抽了一口说：“做我这行的，整天和死人打交道，所以特别喜欢参加喜事，你婚礼我一定早早地来。”

朴风开玩笑说：“那你一定不能板着脸，把其他客人都吓跑了。”

老板却不笑，只说：“每天接触的客人都不笑，我也都快忘了怎么笑了。”说完倒是硬扯出一个笑脸，很费劲的样子。有些人生来就该严肃。

朴风也笑了笑，看着老板的车子开走，心里有什么东西在融化，他转身走进屋子，看到玛西娅在擦玻璃，很温柔地从后面抱住了她。

玛西娅说：“你给我滚一边去！热！”

但朴风却抱得更紧了。

朴风和玛西娅的婚礼，是在室外的草坪上举行的，出席的人不算多，但刚好够热闹。玛西娅的家人朋友坐在最前面的座位上，虽然她父母都不在了，但一些远房的亲戚也撑起了这场面，特别是有个表哥很爱热闹，也很爱喝酒，仪式还没开始，他就已经喝多了。

玛西娅球队的队员也来了几个，出挑的身材让她们只是在草地上走来走去，就会引起人们的注意。当然，也就会有几个单身的男青年上前去和她们搭讪，玛西娅的表哥就是其中一个，他本来就矮，站在球员面前，要抬头才能和对方说话，加上他的脸已经喝得红扑扑的，看起来就像极了害羞的孩子。队员们也就嬉笑着打发了他几句，他知道受了轻视，便只好郁闷地继续喝酒。

朴风的编辑杜克也来了，和朴风打了个招呼后，就一直不苟言笑地坐在一旁，像个绅士，一根接着一根地抽烟，戒了五年的烟，他不知何时又捡回来了。

旅馆老板娘和丧葬品店的老板是最后到的，朴风把两人安排在最前排的座位，他们就算是朴风的家人了。他俩显然也知道自己今天的身份，都特意打扮了一番，这可能就是晚到的原因，可打扮得都有点过于隆重了，导致一坐下来，老板娘就喊热，老板也忍不住松了松领带，擦了擦额头上的汗。

天气确实闷热，一点儿风都没有，那些草坪上的纱幔都了无生气地垂着，空气似乎忘了流动，让音箱里播放的音乐都慵懒得走了样。而司仪那冗长的开场白，更是让几个老人打起了瞌睡，在太阳底下晒了好一阵的朴风和玛西娅，也开始心生焦躁，朴风一直攥着玛西娅那已被汗湿透了的手掌，试图让她忍忍，再忍忍。

当仪式终于进行到交换戒指时，她和朴风都因为手出汗，导致无法把戒指套到对方的手指上。玛西娅终于忍不住了，她把戒指往朴风口袋里一揣，把婚纱头饰用力扯下来，摔在地上，大吼了一声：“太热了！我受不了了！”

她这么一吼，全场都安静了下来，大家愣愣地看着玛西娅，不知她会有何举动。周遭的环境也突然寂静，似乎有什么东西在伺机潜入，旅馆老板娘的座位最靠近西边，她的发梢轻微地动了动。老板娘感受到一股凉意，她忍不住说：“起风了！”

众人也都感受到了那细微的风，随之忽觉头顶昏暗，一片云瞬间遮挡住了阳光，再接着，哗的一声，大雨倾盆而下。玛西娅站在台上，惊喜地抬着双手，接受着漫天的凉意。朴风拉着她走，她却不走，而是看着伴随着雨刮起的风，把纱幔扬起，把花架吹翻，看着宾客们急忙四散，滑稽地寻找躲雨的地方，玛西娅大笑起来。

朴风看着玛西娅笑，一开始觉得莫名其妙，但看着看着，也跟着笑了起来。两个人就站在那舞台上，浑身被淋透，发型凌乱，笑个没完。

躲在树下、屋檐下的宾客们，看着他们在一片混乱中大笑着，都是满脸的莫名其妙。

婚礼的下半场，转进了附近的一个礼堂。外面的雨还在下着，从狂躁转为黏稠，而屋子里的人们却并没有意兴阑珊。玛西娅的表哥守着一箱子香槟，如发射炮弹般，“砰砰砰砰”，把香槟挨个打开。一个酒塞打到了刚才取笑他的队员身上，那姑娘尖叫了一声，其实他们离得远，也并不疼，但还是嗔怒地去拍打表哥。另一个酒塞倒是有劲，把临近的一块玻璃打碎了，外面的雨跟着飘了进来，玻璃和雨水融在角落里。

可是已经没有人在意了，酒精麻醉了感官，也放大了快乐，一屋子人的脸上，只剩下了笑容的起飞与降落。

杜克喝多了，拎着瓶香槟站到椅子上讲话，摇摇晃晃的，一点都找不到绅士的影子，他应该是洋洋洒洒讲了很多，但朴风只记得一句，他说朴风一定能成为一名伟大的作家。

醉话本不能当真，但是却足够受用，朴风和杜克一连干了好几杯酒。杜克终于从椅子上下来，而朴风却坐了上去，迷离地看着整个屋子，欢闹的人群突然变得有序起来，原来是有音乐响起了，每个人都在寻找着舞伴。

旅馆老板娘在教丧葬品店老板怎么跳舞，老板一下一下动作别扭，老板娘却有着难得的耐心，不急不躁，岁月给予的全部温柔都写在了她的脸上。

再看杜克，他一只手拿着香槟，另一只手搂着个陌生的女人，女人的另一只手上，也握着香槟，两个各怀心事的人，淡淡地拥抱着，时不时各喝一口酒。

玛西娅的表哥也找到了舞伴，就是刚才那个嗔怒的姑娘，他把脸贴在姑娘的胸前，闭上了眼睛，嘴角似有淡淡的微笑，所有的酒意都找到了归宿。

朴风抬头看屋顶，那里有几块彩色的玻璃，即使没有阳光也色彩斑斓，也晃得他快睁不开眼。他又喝了一口酒，透过酒杯接着看这一屋子的欢闹，折射得都扭曲了，似乎这世界上没有真正忧愁的人。

一个一身白衣的女人朝他走过来，那白色铺天盖地，慢慢占满整个酒杯。她伸出手，把朴风的酒杯拿走，朴风看清了，这是玛西娅，这是他的妻子。他站起身，把玛西娅拥入怀中，就那么无言地拥抱着，周遭的人都在旋转，都在摇晃，只有他们如雕像般矗立在那里，像极了永恒。

朴风的耳边还是那首歌，那首他听过无数遍的歌曲：

When a man loves a woman

（当一个男人爱上一个女人的时候）

He can do her no wrong，

（他不能做错事）

He can never hug some other girls.

（他不能再拥抱其他女孩）

Yes，when a man loves a woman.

（没错，当一个男人爱上一个女人的时候）

I know exactly how he feels，

（我感同身受）

'Cause baby，baby，you're .

（因为宝贝）

When a man loves a woman...

（当一个男人爱上一个女人的时候）

在婚礼结束的一周后，朴风接受了一家杂志的专访。两人坐在他家的客厅里，阳光都落在了沙发上。年轻的女记者看了看窗外的草坪，鲜绿得有些耀眼，玛西娅蹲在那里，在给草坪施肥，记者扭过头来问朴风，她就是你新书的原型吗？

朴风笑笑点头，接下来的话题却有些偏了，女记者问起了朴风婚后的生活状况，朴风又是笑笑，竟不知怎么回答。女记者换了个问法说："那现在这种生活，和你曾经幻想过的一样吗？"朴风愣住了，还没有人问过他这个问题，他仔细思考了一下说："不一样，因为之前的人生里，根本没去幻想过婚后的生活。"

这回答让记者也有些惊讶，"为什么？一次也没有过吗？看到别人的婚姻，或是书籍电影里的故事时，你都不会去憧憬一下吗？"

"可能也有过吧，但都是一晃而过的念头，从来没深想过。"朴风又深思了一会儿，给出这么一个答案。

"之前和别的女孩恋爱时也没有想过吗？"女记者问道。这问题让朴风竟有些羞赧，记者突然明白过来，"她不会是你的初恋吧？"她观察了一下朴风的表情，"竟然真的是！和初恋结婚，一定很幸福吧？"

朴风把头看向窗外，玛西娅刚站起身子，回过头来往屋子里看，两人的目光刚好对上，玛西娅冲朴风笑了笑，那笑在阳光的折射下，多了层化不开的柔情。朴风也冲她笑了笑，然后喃喃地道："是啊，虽然没幻想过幸福是什么样子的，但出现了，我就知道了。"

女记者满眼是艳羡的目光，或许别人的幸福总能勾起他人的憧憬，此刻她脑子里，应该也在勾勒未来的样子吧：会有一个不曾谋面的人，带着自己所有的喜爱，正向自己走来。

她喝了一口咖啡，算是收了收心，才把话又切回到采访的正题上，她说："我从你这两部作品里，发现了一个现象，你这两部作品，都是以第一人称来叙述的，里面描绘主角家庭生活的部分，永远缺了父亲这么一个角色，哪怕是在回忆童年的部分，父亲也是缺席的，这是为什么？和你的个人成长经历有关吗？”

父亲，好久远的一个词语了，朴风脑子里闪过那个男人满身的汽油污渍，和修车地沟里他的文字燃起的火，在那火光里，男人已模糊的面容又渐渐清晰起来。他们在记忆里，又久违的相遇了。

朴风的发呆，让记者觉得自己似乎问错了问题，“对不起，如果您不想回答，可以不用回答。”

朴风回过神来，说：“没什么不能回答的，没有描写父亲，只是因为父亲这个角色在故事里起不到剧情上的推动作用。另外一个原因是，写父亲嘛，难免就会对照着自己的父亲去写，可是我父亲这个人不喜欢在故事里看到自己的影子。”

“为什么呢？”女记者好奇。

“他说是看着别扭，但我觉得是害羞。”朴风的话让女记者笑了，显然她想象到的是一位古板但可爱的父亲。朴风也跟着笑了笑，然后端起咖啡缓缓地喝了一口，掩饰谎言出口后的不自然。

可为什么要说谎呢？他当下没来得及问自己，但也能得出答案：是不想提及那段糟糕的往事；是不想承认自己失败的亲情；是往事最好都随云飘走，不要在今日的晴天下一场雨；是想要忘记。

可偏偏又全都记起。

又过了一个星期，婚礼的照片洗好被送了过来，有厚厚的一摞。朴风和玛西娅两人在餐桌前摊开来看，照片大多是落雨之前拍下的，那些炎热倒都被镜头过滤掉了，留下了清清爽爽的记忆。

玛西娅拿着一张照片大笑，那张照片里旅馆老板娘的眼睛半睁半闭着，手里还拿着一块小蛋糕，像是被噎到翻了个白眼，而一旁老板被定格住的表情，也带着几分嫌弃。

朴风也拿过来看，看完也跟着笑，可笑着笑着就停住了，他看到照片的右上方，出现了半顶帽子，这帽子他觉得似曾相识，又有些记不太清。再仔细看了看，突然心里一阵狂跳，他想起来了，这帽子和自己当年送给父亲的一模一样。

关于父亲的记忆再次被勾起，这次没有了外人，可以肆无忌惮地去回忆，却又无法系统地回忆。他来过婚礼这个念头，把一切都打乱了，他为何会来？其实不用细问，有些呼之欲出的答案，包裹着厚厚的情感，朴风轻轻咬了一口，就觉得不是滋味。从前那些坚定的情绪，在这一刻，或是说在岁月的流淌中，被悄悄地过滤掉了。

玛西娅看着朴风神情不对劲，问他怎么了？朴风回过神来，看着玛西娅说，“我以前和你提过我的父亲吧？就是那个修车的。”

玛西娅点了点头，不明白他为何突然提起此事。朴风面色认真地说：“我想去看看他。”

玛西娅觉得意外，“现在吗？”

朴风点了点头，其实也是想听玛西娅的意见。

玛西娅没再多问，知道是事情有了转折，但也了解朴风的心怯，便说：“那我陪你去。”

同一座城市，隔着一个小时的车程，也隔着几年的时光。当朴风站在家门前的那一刻，手心出了汗，但并没有一别多年的恍惚感，似乎时间在这里凝固住了，房子还是老样子，墙面也没有褪色，常年修车的汽油味，还没有被满世界的风吹散，一靠近就能嗅到。房顶上瓦片的缝隙里，长了几株野草，独居的孤独从叶子里透了出来。

一路心急的朴风，当站在了家门前，却突然有点不敢迈步往里走了。

玛西娅推了他一把，“愣着干什么呢？都到门口了快进去啊！”朴风这才回过神来，挺了挺身子，走到门前，敲了敲门，又敲了敲门，却没人应答。

玛西娅用力推了一下门，门还是没有开。“出门了？”玛西娅猜道。

朴风摇了摇头，表示不确定。“不会出什么事了吧？”玛西娅抬脚就要踹门，被朴风拦住了，“你别急，我去问问。”

朴风来到隔壁邻居家，敲了敲门，邻居老太太走了出来，她比前几年更老了，眯着眼睛问：“你们是谁啊？”

朴风怕她老花眼，往后退了一步，“是我啊，您还记得我吗？”

老太太打量了一下，一副认出来的样子，“哦，你啊，你还欠我一个蛋挞呢！你怎么就跑不见了？”在她的神情里，没有丝毫惊讶，仿佛这件事就发生在昨天。

朴风不好意思地笑了笑，“这不是回来了吗，我爸呢？”

老太太盯着朴风看了看，叹了口气，转身进屋，朴风从她的眼神里，已经预感到有事情发生。一会儿，老太太出来，手里拿着一把钥匙，但也并没有交给朴风的意思，而是带着他来到家门前，把门打开，示意朴风和玛西娅进去。

朴风走进屋子，里面一切如常，与他离开时没什么大的变化，唯一明显多出来的就是父亲的遗像。朴风盯着遗像一下子蒙了，走上前，看到遗像前还摆着一顶帽子，就是照片里那一顶，就是多年前他送的那顶。

朴风拿起帽子，回头看着老太太，“我婚礼那天，他是不是去了？怎么突然就……”

老太太点了点头，“去了，回来那天可高兴了，拎着瓶酒在门前喝，喝多了，还钻到车底给人修车，就出了意外……”

朴风突然觉得有些浑身无力，拉了把椅子坐下，玛西娅走过来，手落在了朴风的肩膀上，想给他力量。

朴风握了握玛西娅的手，然后又将手放在了帽子上，来回摩挲着，“他这些年过得好吗？”朴风的声音在颤抖。

“挺好的，就是爱喝酒，但每次喝多了都给我买一个蛋挞。你欠我的那个他早就替你还上了，我还赚到了。”老太太说着，竟有些沾沾自喜。

朴风心里堵得慌，起身在屋里转悠，来到了自己的房间，老太太和玛西娅也跟了过来。“让我一个人待会儿，好吗？”朴风的眼神里，满是乞求。

玛西娅点了点头，带着老太太出去，小心翼翼地关上了门。

朴风抚摩着房间里的家具摆设，走到床边，被褥还在，干净整洁，仿佛这些年一直在等待着人随时回来住。他慢慢地坐在床上，又缓缓地躺了上去，脸颊贴在被子上，似乎还有当年的味道。

朴风蜷缩在床上，目光落向柜子的方向，视线慢慢模糊，眼泪控制不住地落了下来。

他缓缓地抽噎着，越来越难受，终于放声痛哭了起来。

在他的视线里，柜子与地面的缝隙之间，有一个 Zippo 打火机，原来这些年，一直悄悄地躲在那里。

他后悔现在才看到。

墓园里，朴风和玛西娅站在父亲的墓碑前，面前放着一束鲜花和那顶帽子。他想要对父亲说些什么，可又什么都说不出口。他站在那里，想了些关于父亲的好，坏事也想起了一两件，都是没头没尾的。

玛西娅在一旁，陪着朴风沉默，但想了又想，还是把老太太之前和她说的话转述了。老太太说，朴风离开后，他父亲就生了一场大病，住了好久的医院才把命保住，出院后脾气就变得柔和了很多，遇到人都笑眯眯的，有时喝多了酒，还会找她聊一些朴风小时候的事情，说朴风小时候就爱写东西，他去参加家长会，老师还把他拉到一边夸过朴风。后来朴风出书了，他买了好多本，给邻居挨个送，老太太因为住得近，还收到过两次呢！

朴风能想到父亲笨拙又谨慎地送书的样子，他弯了弯嘴角，又忍不住模糊了视线。玛西娅从包里掏出一份文件说："这是邻居老太太给的，她说你父亲生的那场病，把半辈子的积蓄都花完了，现在就剩下那间房子了，他出院后就早早写下了遗嘱，一直在老太太那放着。"

朴风看着那份文件，似有千万斤重，他没有接，眼里含着泪，似在埋怨："你说，他为什么要这样啊？"

这为什么里，包含着太多数不清的问题，厘不清的情绪，玛西娅回答不上来，只能上前拉住朴风的手，那手掌的温度里，也许就藏着答案。

后来起风了，他和玛西娅刚准备要走，墓碑前那帽子忽然被风吹了起来，飞得高高的。玛西娅要去追，朴风却拦住了。

他想起在童年的某个黄昏，父亲带着他去乡间稻田里捉鱼，稻田里的稻草人也有一顶帽子，那帽子被风吹走了，他要去追，父亲拦住了他，说："你在这等我。"他就站在田埂里，看着父亲追帽子的背影，他希望父亲跑得快一点，再快一点。

朴风对玛西娅说："有些东西走了，就再也追不回来了。"

玛西娅停住脚步，仍旧心疼地看着他。他犹豫了一下，开口道："我们搬回来住吧？"

玛西娅愣住，随即笑了。

8

老朴风讲到这里，停了下来，眯着眼睛，盯着前方的某个虚处，那是仍旧陷在往事中的状态。我不忍打扰他，只是侧过头去看他。听他讲了这么久，我对这个人有了种与相识时间不匹配的熟悉感，这让我有种曾共同经历了的错觉。

我把视线从他脸颊上移开，投向那个和他一起过来的小老头儿。那个小老头儿还在草地上玩耍着，好多人都奇怪地看着他，但他并没有任何不适。

过了好一会儿，先是一阵风吹动了老朴风的头发，他接着轻微地叹了口气，收回神来，用手摩擦着裤子，看向我，像自己的讲述从来没停顿过一样，轻叹道："那真是最好的日子了。"

这话让我顿生疑惑，故事明明讲到父亲的去世，墓园的告别，怎么就成了最好的日子了？我刚要问出口，他却先开口了，"你和你父亲关系好吗？"

我猝不及防，沉吟了一下，道："就那样吧，他开货车跑长途，经常不在家，他一不在家，我就喜欢在屋子里哼着歌到处转悠，他一回来，我就躲在房间里尽量不出去。他看不起我写小说，我也瞧不上他开货车。”我不知为何，叹了口气，“其实小时候关系挺好的，长大了不知道怎么就变成这样了。”

他倒是听着觉得有意思，嘿嘿一笑，说：“父子之间的事情，说不清的。”然后他又看着我，很真诚地问道，“你觉得我做错了吗？”他说完意识到我可能听不懂，又补充道，“我说的是，我和我父亲之间的事情。”

我一时语塞，我虽然年轻，但也懂得人事复杂，给不出轻巧的答案。

他便又问：“那你觉得我父亲做得对吗？”

我还是回答不上来，只能尴尬地笑了笑。

他却又陷入了沉默之中，片刻后才再次开口，“我觉得很多事情，在当下的时刻我都没有做错什么，可当多年后回首时，却总是好后悔啊。人们总会美化这种后悔，说是叫作成长，可到了现在我才有点明白，后悔就是后悔，不值得赋予它任何意义。”

一个老人来和你聊成长，总觉得有点别扭，年轻人装成熟和老年人装嫩，都让人不舒服。

老朴风大概也感觉到了我的不舒服，便掏出一根烟来抽，可能是为了缓解尴尬，也递给我一根。我不抽烟，便摆了摆手，他说能不抽就别抽，没什么用，随即自己点了火，很认真地抽着。抽了几口后，他悠悠地说，“你还想听我的故事吗？”

我认真地点了点头。

他又问：“你是不是很想知道那个酒吧在哪？”

我又认真地点了点头，这次比刚才更认真。

他也不知道是认可还是否定般地随着我点着头，然后又抽了一大口烟，那烟雾飘到了我的脸上，竟然有点好闻，是沉迷的味道。

“等我故事讲完了就告诉你。”他说。

9

如果不刻意记着时节，回忆里，日子都过得混乱了。

朴风和玛西娅搬到老房子很长一段时间后，杜克登门拜访，可来的目的并不只是纯粹的拜访或是闲暇的探望，这其中还夹带着许多忍无可忍——朴风的稿子，拖得太离谱了。

杜克做好了一进门就发火的准备，为了做心理建设，在到达后还在门口抽了两根烟，可一进门就感觉到了气氛的不对劲。先是给他开门的朴风脸色就不太好，胡子拉碴的，看样子最近也没睡好，再进到屋子里，向来热情的玛西娅坐在沙发上，连看都没看他一眼。朴风推着杜克来到书房，一路上看到的都是屋子的凌乱，甚至还有花瓶摔碎的瓷片。

朴风拿了两罐啤酒进来，小心地把门关上，杜克才开口问道："怎么了？"

"没什么事，就是吵架了。"朴风打开啤酒喝了一口，似在掩饰。杜克点了根烟，慢悠悠地抽着，他的烟看来是彻底复吸了，这其中不知是否也藏着些难熬的心事。杜克打量着朴风，判断他的话是否有说谎的成分。

“真的就是吵架了。”朴风了解杜克，他眼神里还有怀疑，“我骗你干什么？”他补充道。

“哦，那我就放心了。”杜克把本来前倾的身子后仰，进入正式的话题，“那你新书的稿子到底什么时候交？预付款可是早早地就打给你了。”

“预付款都花完了。”朴风笑了笑，又喝了一口酒。

“那稿子呢？到底写了多少？”杜克两手摊在朴风眼前，是索要的手势。

“写了一些。”朴风眼神闪躲地应付着。

“我可是一个字都没看到啊。”杜克把烟灰弹在烟灰缸里。朴风伸手冲杜克要了一支烟，“写好了一起给你。”

杜克给朴风点上烟，“我还能相信你吗？这段时间给你发信息不回，打电话不接，我今天要是不登门，还见不到你吧？”

“我这不是有特殊情况嘛。”朴风狠狠地抽了一口烟。

“吵架也能算得上是特殊情况吗？还是说你们从结婚到现在一直都在吵？那你可要小心点了，这不像是好的婚姻状况。”杜克没有过婚姻，但这个岁数的人，对婚姻也多少有所了解。

“不是的……唉，这个你就别管了……”朴风似话中有话，但又不太想说，这时就听到外面响起开门关门的声音，他急忙起身出去，客厅里玛西娅已经不在沙发上了。

朴风急忙追了出去，看到玛西娅在街上走着，风把她的头发吹得凌乱。朴风三两步冲过去拉住她，“你干什么去？”

玛西娅语音低落，“你来朋友了，我买菜去。”

“不用你做菜，我们一会儿出去吃。”朴风拉着她往回走，玛西娅挣脱开，“你是不是也觉得我没用了？做饭都不用我了？”

“你知道我不是这个意思。”朴风说道。

“那你什么意思？之前来了朋友不都是我做饭吗？这次为什么不让我做？”玛西娅盯着朴风，目光凌厉。

“你说你去买菜？你带钱了吗？”朴风问道。

玛西娅摸了摸口袋，没有钱，可还强辩，“超市的收银员我认识，可以先欠着。”

“可是超市在这边。”朴风指了指玛西娅身后的方向。没想到玛西娅一下子就怒了，冲着朴风大吼：“我知道超市在那边！我就想往这边走不行吗？你能不能别总管着我？能不能别老是指出我的错误？弄得我就像个废人似的，我不想当个废人。”玛西娅说着说着，竟蹲在地上痛哭起来。

朴风蹲下来轻轻地抱住她，安慰她，“好啦，别哭了，你不是废人，你是最勇敢最厉害的战神玛西娅，我全靠你的照顾才会过得这么好，没有你我一刻都不知道该怎么过……好啦，别哭了，我们回家好不好？”

朴风像哄小孩儿一样哄着玛西娅，两人的身影，在上坡路上，缩成一捆秋季里的麦草垛。不远处，杜克站在朴风家门前看着这个画面，默默地离开了，他虽然没有问个具体，但也明白了，朴风或者说玛西娅的生活中，遇到艰难的事情了。

他也知道，这艰难他帮不上忙，或是他们也不想启齿，他懂得人与人相处的规则，有时留些体面比予以关怀要令人受用得多。于是他装作什么都没看到，在风中默默地离去了。

玛西娅变成这个样子，已经快三个月了，准确点说，是在这三个月间，逐渐变成这样的。婚后不久，她的脚伤痊愈后，便立马回到球队报到，但在训练中却发现右脚怎么都使不上力气。一开始只以为是在复健期，多些高强度的训练就能恢复了，可一段时间过后，仍旧没有丝毫改善。

朴风带着玛西娅去医院又检查了一次，以为是跟腱还没有恢复好，检查结果却是跟腱没问题，但是右脚的肌肉萎缩了。玛西娅问为什么会出现这种情况？医生告诉她可能是在国外受伤后，处理不得当留下的后遗症，也可能是因为回国后没有注意休养。

玛西娅和朴风都想起了在脚伤期间他们的几次奔跑打闹，当时玛西娅叫过疼，在地上也摔倒过，可都因快乐没当回事。

朴风小心地问医生：“那脚还能恢复吗？”

医生说：“不会影响正常人的生活。”

朴风问："那如果是足球运动员呢？"

医生看了眼玛西娅，很同情地摇了摇头。

世间有千万种职业，那一刻玛西娅才明白，自己最爱的就是踢足球，也只会踢足球。

她突然站起身，朝门外走去，穿过医院长长的走廊，推开玻璃门，外面飘着夏天最后的小雨，淅淅沥沥地下了一周，有树叶耐不住落了下来。她听到身后朴风的呼喊，便开始沿着马路奔跑，一边跑一边抹着眼泪。她跑得不快，等朴风追上时眼泪已经流完。

看着气喘吁吁的朴风，她眼眶还红着却露出笑容说："你干吗？我没事的。"

朴风说："你别这样，你这样我很担心。"

玛西娅说："你别担心，我真没事，你晚上想吃什么？我给你做。"

朴风说："你要是难受就哭一场，别憋坏了。"

玛西娅说："那晚上就喝骨头汤吧。"她挎上朴风的胳膊就往前走。

朴风把雨伞撑开，整个路面瞬间就开满了花，玛西娅边走边说："我觉得多喝点骨头汤，这脚就能养好。"

朴风心里沉了一下。

那个月朴风记不清自己喝了多少骨头汤了，身上冒出的汗都有骨髓的味道，怎么洗澡也洗不掉，皮肤倒是变得越来越好，细腻光滑有弹性，总是忍不住想要搓一搓。可即便如此，他也不想再喝了，他对追求皮肤的弹性没有执着，只是单纯地每次闻到那个味道，就抑制不住地反胃。

玛西娅倒是很享受这汤，甚至都不能说是享受，而是贪婪。在她大口大口地喝汤，喉咙翻滚着发出咕咚咕咚的声响时，朴风仿佛看到了一个茹毛饮血的原始人，在解恨地喝着仇敌的鲜血，只要那血进入自己身体，就会刺激某些原始组织疯狂地生长，让自己破损的部位得以修复，让自己变得更强壮，特别是右脚。

除了喝汤，玛西娅其余的时间都在进行脚部的力量训练，她买了各种仪器，在家里的地毯上练习。朴风看着她累得躺在地上动弹不得，却还要坚持再多练一组，右脚踝的皮肤被弹力带勒得红肿，她却完全不当回事。

面对这一切，朴风心疼又不敢阻止，怕一阻止，她的希望就没了。希望这东西很玄妙，看不到，摸不着，却在心间，如小小的火，拱得人往上走。朴风知道，哪怕这希望是渺小的，荒谬的，但只要在，玛西娅就不会倒下，就还是那个女战神。

一个月过去后，玛西娅比以前强壮了很多，她看着镜子里的自己，全身的肌肉线条都更饱满匀称，她觉得可以到球场上练习射门了。朴风看着面前状态良好的玛西娅，也觉得奇迹真的发生了，便开玩笑地说，那你先踢我一脚试试？

玛西娅一脚就踢在了他的腿上。“疼！疼！疼！”朴风捂着腿跳起来。玛西娅得意了，抱着一堆球和朴风来到了球场。

朴风替她把球摆好，玛西娅奔跑、射门，一气呵成。她叫朴风再摆一颗球，朴风摆好，玛西娅再奔跑、射门。朴风一连摆了十几颗球，玛西娅的射门都完成得精准迅速有力，朴风兴奋地冲过去抱住玛西娅，大声喊着："成功啦！我们成功啦！骨头汤没白喝！奇迹出现了！"

玛西娅抱着朴风大哭起来，如同失散多年的孩子终于见到父母后的释放，所有的委屈都含在了那喉咙的呜咽中。

朴风最知道她这一个月的艰辛，也红了眼眶，轻轻拍着她的后背说："哭吧，哭吧，都过去了。"

玛西娅却含着泪水说："我完了，我真的完了。"

朴风愣住了，说："什么完了？怎么会完了？"

玛西娅说："就是完了，我的脚完了。"

朴风这才知道，玛西娅今天射门的力量，对于普通人来说还算可以，但对于一名职业球员来说，就太绵软无力了。朴风这个外行看不出来，但玛西娅自己知道。

自己身体的状况，只有自己最清楚，那十几颗球，是越踢越灰心。她像个溺水者，每一下挣扎，都在往下掉，越挣扎越绝望，可岸上聚集着的那群人，此刻都变成了雕像，眼睛都失了神，木讷地站在那里，没有能力来救她。

玛西娅把冰箱里所有的骨头都扔掉了，就连熬骨头汤的锅也扔了，家里再也找不到一丝骨头汤的痕迹，朴风身上的那股味道也渐渐淡去，他应该高兴的，却怎么也高兴不起来。

玛西娅整日坐在沙发上，电视就锁定在足球频道，没日没夜看球赛，吃零食。做运动员时不能吃的那些零食堆满了沙发，她吃得太多连饭都省了，这或许也算是一种弥补遗憾，如童年时得不到的东西，都是成年后最想拥有的。朴风想着过了这个过渡期，一切都会好的。

球队往家里打来电话，通知玛西娅去办理退役手续，玛西娅自然是不想去，朴风便去替她办理，取回了一箱她留在队里的东西，有球服、球鞋，还有奖杯。朴风把这箱东西放在仓库里，不敢让玛西娅看到。

朴风想请玛西娅的队友们来玩一玩，玛西娅平时总念叨挺想她们的，朴风便想着在家里办个聚会，大家一起聚一聚，也能调节一下玛西娅的心情。于是他租了一辆大车子来到训练场，等姑娘们训练一结束把她们就都拉回了家里。

队友见面，当然是格外热闹，更别提一群二十多岁的姑娘。大家喝酒嬉闹，聊天叙旧玩游戏，朴风端着一杯酒在角落里，看着她们大笑大闹，许久不见的笑容终于又出现在玛西娅脸上，是那种彻底的放松和单纯的欢愉，朴风也被这快乐感染，也因这快乐卸下了压在心头许久的沉重。

他举杯敬酒，欢迎大家以后常来玩。姑娘们欢叫着说好，但是要每人都敬一杯。十几杯酒下肚，朴风又喝多了，找了个机会，躲进卧室里睡着了。

等他醒来时已是凌晨，窗外月光清冷，欢闹落了满地，玛西娅一个人在收拾这凌乱。“她们都走啦？”朴风问道。玛西娅说：“走了。”一脸的冷漠。朴风醉意还没散去，摇摇晃晃地说：“怎么啦？又不开心了？”

玛西娅把手里的一个干果捏碎，恶狠狠地说：“也不知道在显摆个什么劲，还都穿着队服来！”

朴风很想解释是因为刚训练结束就把大家拉过来了，所以没来得及换，但却也知道没必要解释了。他的酒完全醒了，他的这次举动又失败了。他翻出一支烟，走出去，站在那辆还没还回去的大车旁边抽，一口两口也抽不掉忧愁。玛西娅也跑了出来，说：“给我一根。”

朴风无声地递给她一根烟，并不看她。玛西娅说：“你受够我了？”朴风摇了摇头。玛西娅说：“你是不是觉得我有病？”朴风脑子里闪过“抑郁症”这个词，但是没说。只这一秒的迟疑，玛西娅就抓到了答案，她突然有点低落，声音沉了下去，“我也不知道自己怎么了，我就是控制不住自己。”

玛西娅的声音，如湖泊上的涟漪在荡漾，三两下就荡漾进了朴风的心里，他的心抽搐了一下，缓缓地转过头，看着玛西娅，手掌覆盖住了她的头，轻轻地抚摩着。

“如果你觉得我要去看医生，那我就去。”玛西娅低着头说道，眼泪就要落下来了。朴风把手里的烟掐灭，也把玛西娅手中的烟抢过来扔掉，顺势把她揽入怀中，“我不会强迫你做任何事情。”

他在玛西娅的脸颊上亲吻了一下，如月亮留在屋檐上的印记，凉凉的。

在杜克去找朴风的前一个月，玛西娅的情绪已经平复了一些，毕竟是成年人了，具备一些抗打击能力是首要的必修课。她在一个早晨喝了一大杯牛奶吃了两颗煮鸡蛋后，突然决定要去找工作。

朴风看这是个好兆头，便顺着她说："找工作是好事啊，其实你想想，就算你当球员，再踢几年也该退役了，你这就等于把以后的生活提前过了。"

玛西娅说："我也是这么想的，之前没这么想过，于是就钻了牛角尖，现在突然这么想，一下就想开了。人生那么长，总不能踢球踢到死吧，退役是早晚的事，早退役早转行早寻找新的人生目标。"

玛西娅利落地换了一身衣服，几乎看不出球员的样子了。

朴风听她这么一说，心里也轻松了不少，便要陪她去找工作，也算是一起逛逛街。但玛西娅却拒绝了，她说："我还是自己去吧，找工作又不是找仇家，要人陪着干吗？你还是安心在家写东西吧。我这段时间情绪不稳定，也把你折腾得要命，现在我出门了，你可以享受一点难得的清静了。"她说完嘿嘿一笑，没有任何讽刺的意味。

她这么一说，朴风就没有再强行跟着的理由，他欣然地送玛西娅出门，转身回来给自己冲了杯咖啡，坐在书桌前。没什么烦心事在心里，就有种空落落的轻松，他看了会儿书，又思考了会儿新书的内容，提笔在本子上写了写想到的段落，时间就如坏天气里的路人，步履匆匆。

抬起头，窗外黄昏已至，玛西娅回来了，手里提着从超市买回来的晚饭食材，还有几份报纸。她一进门朴风就迎了上去，询问结果怎么样。

玛西娅有点羞赧，但眼神中还是有种对于陌生事物的新奇，她笑嘻嘻地说："我没什么工作经验，跑了好几家，都没有被录用，不过有家店留了我的电话，说有职位会打给我。"

"万事开头难。"朴风讲了几句类似这样的老话，就去厨房和玛西娅一起做晚饭了。

晚饭过后，玛西娅把报纸展开在餐桌上，和朴风又对着招聘的广告逐一筛选画圈。玛西娅能找的工作十分有限，她中学时就进了球队，学习基本耽搁了，大学也没有念。这些年一直在球队，没有什么社会经验，工作经验也等于零，更别提什么一技之长了。所以两个人就只能在餐馆服务员、清洁工和柜员这些常人都能胜任的工作中寻找。

朴风觉得这些工作都有些辛苦，他不想让玛西娅去做，但玛西娅却觉得哪一个都挺好。对她来说，踢球以外的一切都是新鲜的、有趣的，世界仿佛刚在她眼前展开，画卷一路铺陈，她想都看个清楚。

接下来，玛西娅先是去了一家运输货站旁边的餐厅做服务员，去那里吃饭的大多是卡车司机，由于常年奔波在路上，又要驾驭十几吨重的卡车，于是每个客人看起来都粗糙强壮，性子急，说起话来骂骂咧咧。玛西娅也是急性子，在女生里也算是粗糙强壮，很容易就会和客人起冲突。

这些司机在外多在家少，路上大多休息少，见了女的就喜欢多看两眼，过过嘴瘾，看到玛西娅身材高挑，就挑逗了几句，玛西娅没理会，转身进了厨房，拿着一把刀就冲了出来。司机们没见过这架势，一桌四个吓跑了三个，剩下的那个把钱老老实实地展平在桌子上，然后小心翼翼地退出了餐馆。

玛西娅抓起钱，得胜似的把钱交给老板，老板接过钱，笑了笑，到晚上打烊，这钱就变成了她的工钱。她自然不平，觉得自己做得对。老板说她这样子就没人敢来了，客人说两句就说两句嘛，耳朵听着，身上也不会掉下块肉。

玛西娅把工钱又还给老板，说："你拿着，这是赔偿金。"老板搞不明白，就看到玛西娅走出去，捡起一块石头，用力一扔，餐馆的玻璃应声而碎，她又冲老板竖起中指，愤怒地离去。

老板看了看碎玻璃，又看了看钱，说了句："神经病。"便继续埋头算账。

玛西娅的第二份工作是推销保健品。那些保健品不能说是假货吧，但一听起来也是些没用的东西，只能保证吃不出生命危险，能不能延年益寿还得靠运气，可价格却很昂贵。

玛西娅的目标是一个看上去不缺钱的男客户，和那个男性客户接触了两回，看对方没有反感的意思，便进一步发力，趁男客户老婆不在家，她就又是帮着打扫卫生又是一起看电影，还给做晚饭。

眼看男客户就要一次性购买几万块钱的产品了，男客户的老婆回来了，非说她勾引自己老公。玛西娅说："没有，你老公都七十多岁了我勾引他干什么？"客户的老婆也是个老太婆，用拐杖指着玛西娅说："那你就是利用色情在销售产品。"玛西娅说："这个吃了真的对身体好。"老太婆说："身体好了干什么？找你玩去啊？"玛西娅说："你这么大岁数了怎么也不积点口德？"两人一来一回的就争吵了起来，在一旁的老头子左看一下右看一下，想劝又插不上嘴，心里一急，脑袋一热，人倒在了地上。

推销产品把客户推进了医院，玛西娅又被开除了。事后她也觉得懊悔，和朴风两人买了束花去看望，趁老太婆不在把花送进了病房。老头子看到玛西娅，还是挺开心的，虽然中风说不出来话，但还指着床头的水果让她吃。玛西娅和朴风都没敢吃，知道老太婆要回来了，便把花一放下就急匆匆离开了。

等两人走出住院大楼，就看到那束花从窗户里扔了出来，差点砸到了他们。玛西娅折身要回去，朴风拉着她说快走吧，别再把老太婆气倒了，玛西娅偏不走，但也没进去，只把那束花又捡起来，挑没摔烂的带走，插进了自己家的花瓶里。

两次工作失败后，玛西娅想着可能是自己的性格太烈了，不适合给别人做事，便决定自己做点什么。她背着朴风把球队给的那笔退役费取出来，去外地参加了一个新型净水器的项目，和朴风说是去看一个老朋友。

这倒算不上是说谎，这个项目确实也是一个老朋友推荐给她的，她在那个厂家考察了几天，也上了几天的培训课程，觉得没问题，就交了钱。可交了钱厂家却变了脸，把她关进了一个小房间里，没收了手机，门从外面锁上，不让她走了。说是想出去也行，想想还能带哪些朋友过来，或者谁能再转些钱来。面对四面墙壁，玛西娅才恍然大悟，自己进了传销组织。

她在房间里绞尽脑汁，最后也没想出一个逃脱的好办法。她想过打给朴风，把他骗来后两人再一起逃脱，万一成功了，皆大欢喜，可若是失败了，那可怕的后果让她的念头打消了。于是每日只得如坐牢般，吃着送来的简单饭菜，盼着有奇迹发生。

半个月后，那个传销组织被破获，朴风在警察局把玛西娅领了回来，但钱却没追回来。

一出警察局的门，玛西娅就说："对不起。"

朴风安慰说："你平安回来就好，别说什么对不起。"

玛西娅说："我把退役费都搭在里面了。"

朴风说："那是你的钱，你怎么用都可以。"

玛西娅说："你还是生气了？"

朴风说："你为什么骗我？"

玛西娅说："我没有骗你。"

朴风换了个说法："你为什么不说实话？"

玛西娅低着头，喃喃地道："想证明自己。"

朴风不说话了，点了一根烟，玛西娅说："你是不是觉得我很没用，做什么都做不好？"

朴风说："这都是你自己说的。"

玛西娅说："你是不是也这么想的？"

朴风说："不是谁都会这么想的。"

玛西娅说："干吗冷嘲热讽的？"

朴风无奈地表示："我真没有。"

玛西娅说："你就是有！你就是看不起我！觉得我没文化没能力脑子笨！我不要再理你了！"她说着径直往前走去。

被玛西娅这么一闹，朴风心里也窝着一大团火，他本不想追，可看玛西娅走的并不是回家的路，就又抽了一大口烟，把烟头狠狠地丢在地上，追了上去："你去哪儿啊？"

玛西娅抹着眼泪："不用你管！"

朴风拉住她的胳膊，吼道："我不管你谁管你？"

玛西娅一下子哭了："你凶我干吗？"

朴风说："我不凶你，你就跑了！"

玛西娅像是怕了一样，抹了抹眼泪，诺诺地说："我去买点吃的还不行吗？这些天都没吃饱过，快饿死了。"

朴风一看她那可怜的样子，这段时间不见，消瘦了不少，他的心就软了，也不气了，“别买了，回家我做给你吃。”朴风拉住玛西娅的手，硬拽着往回走，玛西娅挣扎了一下，还是跟了上去。

杜克来的那天，玛西娅已经那个状态好几天了，她并不会对朴风发火，她只是不喜欢自己，地上摔碎的花瓶也是在和自己生气。她越发地怀疑自己，甚至觉得自己是个极其没用的人，过往的人生都没能给她带来一丁点儿的自信。人最怕的就是自我否定，何况她曾经在球场上还是那么高傲的战神。

她因这自我否定而在面对一切的时候都小心翼翼，哪怕是和朴风说话的时候，都不敢看朴风的眼睛。朴风想让她开心，便不时地开一些玩笑，那些本是轻松的揶揄，在她这都会理解成嘲讽，那时朴风才意识到，不能踢球这件事，让玛西娅变得太自卑了。

面对一个自卑的人，朴风自己也变得小心翼翼起来，唯恐哪一句话、哪一个行为会触碰到她那敏感的神经。于是朴风也越来越不敢说话了，连走路都尽量不发出声响，怕打扰到玛西娅望着窗外出神时的宁静。这样一来，整间屋子都沉浸在一种压抑的氛围之中，如一丝静电就能引起爆炸的扬尘车间，空气都不敢随意游荡。

那天朴风把玛西娅带回家里后，看到杜克已经不在了，便给他打了个电话，询问他去哪儿了？杜克说公司里有急事，自己就先走了。但杜克说谎能力一般，被朴风听出了破绽，他问杜克是不是看到了玛西娅的情况，担心她？杜克犹豫了一下，说："你的新书我就不催了。"

朴风刚要道谢，杜克便接着说："但你得让我知道到底发生了什么。"

朴风把事情的大概讲给了杜克，杜克哦哦地听着，可能过程太长，到后来他明显有些心不在焉了。等到朴风终于讲完，杜克安慰了朴风几句，就不咸不淡地挂了电话。

对于他人的苦难，旁人很难感同身受，朴风明白，也没有过多的不舒服，只是讲了那么多，有些口渴。他挂断了电话，刚要倒杯水喝，电话就又响了起来，是丧葬品店老板打来的，问朴风在家吗？朴风说在，老板说那你给我开门。

老板抱着两床厚毛毯进来，说："秋天到了，正好用得上。要账拿回来的，车里还有两床。"

这么一说，朴风就没了推辞的理由，他接过毛毯，放在沙发上，接着去倒水，递给老板。

老板看来也是口渴了，喉结翻动，喝了一大口后，说他送货回来，正好路过，就进来看看，问朴风吃晚饭了吗，说自己都要饿坏了。朴风翻了翻冰箱，没什么吃的，有些尴尬。

老板说："走吧，还是我带你去吃东西吧，玛西娅在家吗？一起去。"

朴风推开卧室的门，看玛西娅已经睡着了，就说："让她睡吧，我们吃完给她带点回来。"

老板开着车带朴风去了家餐厅，点完菜等待期间，朴风问他旅馆老板娘最近怎么样？

老板说：“她还埋怨你不去看她呢！说等你去了还让你帮她给女儿写信。”

“你不能帮她写吗？”朴风问道。

“信不过我，说你帮她写都习惯了。”老板喝了口水回答道。

“有过回信吗？”朴风好奇，问出口后又想起上次问过老板娘，得到的是个近似肯定的答案，但此刻朴风仍旧觉得蹊跷。

“这个女儿真的存在吗？”朴风追问。老板摇了摇头，“我也不清楚啊，她说有就是有呗，有寄托总比没寄托好。”

“老板娘以前的事她和你说过吗？女儿的爸爸是谁？”朴风把自己不敢问老板娘的话都问了老板。老板倒是豁达，“有什么好问的，电影里都演过多少遍了，这种故事都差不多。”老板把身子往椅背上一靠，“你怎么这么有心情关心别人的事？自己的生活没烦恼吗？”

本来忘记了片刻的烦恼，又都跑了出来，“有，怎么没有呢？玛西娅现在就是我最大的烦恼。”

“之前听说她退役了，怎么了？退役后的日子不顺利吗？”老板对事情只清楚一半，糊涂一半。

“你也知道，她是被迫退役的，所以心里难免不舒服，再加上好几份新工作都不顺利，所以我觉得她是抑郁了。”朴风说到这里，心里又堵得慌，掏出了根烟来抽。

“要不来我店里帮忙？或者去旅馆帮帮老板娘也行。”老板想帮帮忙。

朴风摇了摇头，“要是之前，她说不定能去，现在的话，她会觉得你们是在可怜她，她现在太敏感了。”

“哦。”老板似懂非懂地点了点头，也点起了一根烟，可还没点着火，服务员就把菜端了上来，那烟就被放到了一边。老板招呼朴风：“先吃饭吧，吃饱了才有力气烦恼。”

朴风抬了抬手，“我抽完这根烟再吃。”他抽了口烟，眯着眼睛看老板，“你要是遇到这样的事情会怎么办？你以前肯定也遇到过类似的事吧？”他等待智者能给出答案。

老板吃了一口菜，“能怎么办？自己能解决的就去解决，解决不了的就慢慢熬呗。”

“熬？”婚姻刚开头，这个词太刺耳，“听起来就没有尽头。”朴风像是自言自语。

老板看着朴风满脸的愁容，“愁什么，你还这么年轻，没准哪天一觉醒来，就都过去了。”

朴风点了点头，把烟掐灭，夹了第一口菜，有点咸。

那天的晚餐结束后，丧葬品店老板要送朴风回去，但朴风说他想自己走走，老板也没强求，他懂得人有些时候需要自己独处一会儿，散步也是疏解压力的好方式。他叮嘱朴风有空就过去帮老板娘写信，便上车离开。朴风答应着，看着车子远去，就朝那家能让时间快进的酒吧走去。

酒吧没有丝毫变化，仍旧是霓虹灯闪烁，不过这霓虹灯已经有了些复古的感觉。他刚要推门进去，可想起手中还拎着给玛西娅打包的晚餐，便又坐车折回了家里。

玛西娅还在睡觉，他没有打扰，她好长时间没睡过一个安稳的觉了。他把食物放进冰箱，又折身回去看玛西娅，想帮她掖掖被角，又怕把她弄醒，就站在那看了好一会儿，才轻轻地关门离开。

朴风和酒吧的服务员虽然才第三次见面，但两人已经熟络。店里没有客人，他清闲地擦着杯子，对朴风说了句好久不见。朴风礼貌地回应着，目光一直凝视着服务员，岁月没有在他脸上留下一点痕迹，这让他觉得有些别扭。

朴风坐在吧台边，服务员没问他要什么酒，而是问："你过得好吗？"这话里有关心的成分，两人之间的距离就近了些。朴风无奈地笑笑，说："好的话谁来这儿啊？"

服务员也笑了笑，说："还真有，这世界从来都是那么怪，不幸的人想要幸福，幸福的人想要痛苦，痛苦的人想要解脱。"

朴风点了点头说："明白，每个人都想要自己没有的，或是失去的。"

服务员说："都明白那我就不多说了，你这次想要什么？"

朴风说："我想要醒来时玛西娅能变回从前的样子，无论遭遇什么样的事情，无论面对什么样的难题，都能自信又快乐地活着。”

服务员有些惊讶地看着朴风，这次竟然不是为自己，他打趣道：“我们这可不是许愿池。”

朴风说：“我就当是许愿池吧。”

服务员笑着转身去调制酒，片刻后，一杯酒递到朴风面前，那橙色的液体，是溢出的希望，朴风摇了摇，一饮而尽。

这次一点儿也不苦，也不辣，还有点甜。

10

睡梦总是昏沉，如夜行的小船，在黑暗里摇摇晃晃，波光落入桨下，荡起几点星光。

朴风感觉有人在摇晃自己，接着玛西娅的声音传来，“快点起床啊！就要来不及了！我可不想迟到！”单从声音就能听出玛西娅久违的活力，这有些奇怪，念头在脑中一闪，朴风便一个激灵坐了起来，看到玛西娅穿着一身运动装，一边叫他起床一边对镜子扎头发，是利落的马尾，和多年前他们初次见面时一样的发型。

朴风急忙看了一眼日期，怕又是已过去多年，可目光聚焦在日历本上的一刻，他竟有些喝了假酒般不可置信，从去酒吧的那晚到现在只过了一个星期，这时间短暂得出乎意料，像捡了大便宜。

“快点起床啊！发什么呆啊！”玛西娅继续催促着。

朴风回过神来，急忙下床，往洗手间跑，又被玛西娅拉住：“来不及了，就别洗澡了，快送我去西山体育场。”

“好啦，我知道啦！我撒个尿不行吗？”朴风冲进洗手间，突然又反应过来，冲着外面喊，“我送你？我拿什么送你啊？我又没车。”

“你昨天刚买了辆二手摩托车你忘啦？谁说以后一直送我上班的？这第一天就想耍赖？”玛西娅站在洗手间门前说道。

“我没耍赖，我逗你玩儿呢。”朴风从洗手间出来，换了身衣服，走到门前，见一辆摩托车停在草坪上。玛西娅捧着两个头盔出来，给朴风头上扣了一个，又给自己戴上。朴风跨上摩托车，玛西娅坐在后座。

“坐好啦？”朴风问道。

“好啦。”玛西娅回答。

“坐稳喽？”朴风又问道。

“稳啦。”玛西娅回答。

“抱住我。”朴风说道。

“你再这么磨蹭换我载你！”玛西娅说道。

摩托车冲了出去，晨光熹微，空气微凉，黄色和红色的落叶铺满了公路，玛西娅张开双手，似要飞翔。

朴风和杜克坐在球场边的椅子上，看着玛西娅在指导一群中年男人踢球，这是一支由出版商组成的业余足球队，之前的教练由于做生意赚了大钱辞职了，于是杜克便介绍玛西娅来接班。前天刚试训了一堂课，球员对玛西娅都很满意，玛西娅便成了这支“老男人”足球队的新教练，今天算作第一天正式上岗。

“你看她现在的状态多好。”朴风看着玛西娅含着哨子在球场上跑来跑去，那一身的阴霾与寡欢，都跟随汗水蒸发了。

“希望他们这季的联赛能进步，已经连续两年垫底了。”杜克脸上也有笑容。

“那次电话里，你怎么没提过业余球队这事？”朴风想起杜克那通不咸不淡地挂断的电话。

“其实那时就想到了要把玛西娅介绍过来，但还没把握能做到，就没有提。”杜克想了想说，“我害怕让别人有希望接着又失望。”他仍旧如绅士般正了正帽子。

朴风看着杜克，有种汹涌的感动在涌起，他张开双臂和杜克拥抱了一下，“我都不知道该怎么谢谢你。”朴风诚恳地说道。

杜克拍了拍朴风的后背：“加油写书哦。”

朴风用力地点了点头。

有光落在了朴风的身上，斑斑点点，和着草木的味道，朴风觉得这是生命中最好的秋光，或许对玛西娅来说也是。

季节的转变，如好的文学作品，总是从轻入手。光的色调，随着时节，慢慢变冷，土地从松软迈向僵硬。一杯咖啡冷掉的时间，缩短了三分之一，失眠的人，醒来的时钟再次向后推移。

下午六点，朴风终于醒来，天已经完全黑了下来，他没有开灯，摸着黑走到厨房，接了杯水喝，又透过百叶窗看着外面。路灯昏黄，偶尔有车子经过，车灯的光亮划过窗户，把他的脸颊也照亮了一瞬，又黑了下去。

下雪了，是初雪，所以也并不大，也不轻飘，都是些小碎粒，在地上铺了薄薄的一层。朴风想着今年的雪好像晚来了一些，但也并不能因此就认为这一年被拉长了一段，虽然人们总是在冬天一到来，就觉得一年又到了尽头，可冬季漫长着呢，它比任何一个季节都漫长，也更容易让人绝望。

从秋天到现在，朴风的新书没有丝毫进展，其实在刚开始动笔的那一阵子，他获得过短暂的幸福感：早晨送玛西娅上班，回来后冲杯咖啡开始写作，吃过午饭午睡后，再看一会儿书，就提前去接玛西娅，自己在体育场还能慢跑几圈。作为一个自由职业者所拥有的宽松的工作时间，他尝到了甜头。

他也是在那一段时间，迅速地写了几万字，可瓶颈突然降临了，没有丝毫的预兆。他仍旧是给自己冲了杯咖啡，接着长久地盯着文档，却一个字都写不出来。他尝试着休息一个上午，接着是一天，然后一周，仍旧是一个字都写不出来。

这种写不出来并不是说写不下文字，而是说对写出来的文字不满意。作为一名创作者，在让编辑、读者满意之前，最先要说服的就是自己，给自己一个肯定，认定自己可以这么写下去。

一个月过后，就连刚开始写的那几万字，他也看着不顺眼了，于是文档下面的字数统计，一点点减少，直到全部消失，如计算器按下了归零键，时间却不肯倒回了。

人生艰难，创作者尤为痛苦，这痛苦突发、漫长，又没有别人来拯救。一个人的战场，扑朔的迷宫，浩瀚的宇宙，无重力的飘浮，能抓住的，只有遥远的一束星光，通往那光亮的路程只剩一个选择——写下去。

可“写下去”这三个字看起来简单，但谈何容易？这过程很像是长跑，开始时体态轻盈，但是跑着跑着就没力气了，双腿发软，肺部像是要炸开般疼痛，你知道终点就在那里，再咬咬牙肯定就能到了，可是你就是跑不动了，就是到不了了，一步都迈不动了。

这是朴风真实的想要通过跑步来改善状态后得出的感悟，他跑了半个月，小腿粗了一圈，可还是没能突破五公里，当然，也没能对写作有实质性的帮助。如有一个音障，无声无息无影无形地立在那里，挡住了所有去路。

有个朋友推荐朴风去上一些瑜伽的课程，探寻一下心灵，让脑子放松一下，或许对于现在的状态会有帮助。他闲来无事便买了几节体验课，试学了几天，可身体太僵硬，只学会了盘坐。体验课程结束后，需要买正式的课程，他一听价钱，太贵了，便不再去。

这一趟体验，倒是让他养成了一个习惯，在每次打开文档前，都先打坐几分钟，吞吸吐纳，让自己平静下来。他在那些个盘坐的时刻里，会有些灵魂抽离出来的错觉，另一个自己飘浮于上空，俯瞰着自己的肉身，也审视着自己的生活：你得到你想要的了吗？你的付出与所得成正比吗？你对现在的生活满意吗？你快乐吗？

他摇晃着脑袋，不想去多想，这些问题过于空洞，有宗教化的倾向。他苦恼的从来不是这些，也早已过了青春的年纪，他的难题都变得很具体，就是写作遇到了瓶颈，与生活的意义无关。

他在一次打坐的时候，莫名其妙地睡着了，跌倒在了地板上，胳膊肘都摔淤青了，差一点就摔破了头，他从此便再也不做这种尝试了。

朴风的思绪收了回来，回到卧室里，打开灯，又躺回了床上，看到枕头上脱落的头发，没有玛西娅的，只有他自己的。

玛西娅和球队去南方参加比赛了，要一周的时间。她的球队今年成绩不错，不会垫底了，玛西娅说球队会给她发一笔奖金，临走时还劝他，要是实在写不出来那就别写了，她养他。

他笑着摇了摇头，也知道玛西娅是在开玩笑，他写与不写，已经不是经济问题，而是因为自己早就下定了决心，把写作当作一生的职业。有些事情，不是随便说放下就能放下的。

但他也确实想过，既然做好了一生的打算，那也不急于这一时一刻了，这本书要不就先放一放吧，自己也去找一份普通的工作做一做，或许哪一天，某一个再寻常不过的午后，瓶颈就消失了，状态又回来了。

于是他在某个下午去出版社找杜克，想告诉他自己的决定，但杜克不在。他询问同事，同事指了指旁边一间会议室。朴风走到门前，就听到有人在大声说：“那个叫朴风的稿子怎么还没交？你问问他，还写不写了？预付的版税早就打给他了，他要是不写的话就把钱退回来！要么稿子，要么钱！什么都拿不回来你也滚蛋！”

有人送咖啡进会议室，看到朴风，认了出来，刚要开口询问，朴风做了一个嘘的手势，悄悄地离开了。

他来到公司楼下的大堂里，来回踱步思考着该怎么办。这笔预付的版税他已经用光了，让他现在还也还不上。

这时杜克从电梯里出来，朴风本来想上前打招呼，但看到旁边跟着一个发福的中年男人，一边走一边和杜克说着什么，应该是刚才训话的领导，朴风便又躲到了转角的柱子处，偷看着杜克把那人送进一辆黑色的轿车里，接着就急匆匆地穿过了街道，像是有什么急事要办。

朴风从柱子后面闪出来，跟了上去，看到杜克径直走到街道对面，那里有惨烈的太阳，也有台取款机，杜克停在了两者前面，操作着取款机，接着把取出来的钱装进了提包里，又提着包往右走。

朴风仅从他的侧脸，便能看出他神情焦虑，朴风的心也跟着紧张了起来，快步但蹑手蹑脚地跟了过去。走了两个街口，看到杜克进了一家二手名牌店，过了一会儿，他又出来了。朴风赶快躲到店铺旁边的转角，没被他发现。他看到杜克站在店门前打电话，片刻后，朴风的手机就响了，是杜克打来的。朴风心虚地接了起来，杜克问他晚上有事情吗？要不要出来喝一杯？朴风说着好的好的，杜克报了一家酒吧的地址，就挂了电话。

朴风看着杜克拦了一辆出租车离去，自己却在原地站了很久，不知夜里等待他的会是什么。

夜幕准时降临，从未因谁的胆怯而迟到。

在进酒吧之前，朴风觉得杜克会催自己的稿子或是要回预付的版税，这几乎是他能想到的唯二的两种选择，其他的幻想都是奢侈。但杜克却两样都没提，只是问朴风最近过得怎么样？可看得出也并不是真的询问，只是礼貌地找些话题。

朴风和杜克随便说着玛西娅和球队的事情，想着这些事情杜克也该知道，心里却始终悬着，越说越心虚。直到杜克掏出烟来抽，打火机不太灵光，点烟的过程长了点，朴风才看到他左手的袖口空了些，他常年戴着的那块老牌金表不见了。朴风才恍然明白，下午自己看到杜克穿梭在取款机和二手名牌店之间，是在想办法为自己垫付该归还的版税。

朴风一下子眼眶有些发热，想要问些什么，但面对只字不提的杜克，问什么都显得辜负了这份情谊。他之所以什么都不说，就是什么都不想让自己知道。杜克吐了一口烟出来，烟雾遮住了大半边的脸，他说："我觉得你这本书写出来，一定会是一本好书。"他有种没来由的笃定，停顿了一下又补充道，"不是说你之前的书不好，但对于我这个年龄的读者来说，太轻飘飘了。"

朴风喝了一口酒，不知道怎么回答。

“你慢慢写，不要急，也不要总想着放弃，虽然每本书诞生的时候，作者总有一千多次想要放弃。”杜克的眼睛笑眯眯的。

朴风也笑了笑，“是一万次。”

“坚定且相信自己，这才是创作者最该拥有的能力。当然才华也是不能缺少的，但这个更重要。”杜克也喝了一口酒，“我相信你都具备。”

“你为什么相信我？”朴风问道。

杜克盯着朴风看了好一会儿，“从眼睛，从一个人的眼睛就能看出他是什么样的人，有什么样的能力，人把所有事情都写在了眼睛里。”

朴风眯着眼睛，很诧异地询问：“眼睛？真的能看出来？”

“骗你的，在别人的眼睛里除了能看到自己，其他什么都看不到。”杜克说完笑了一阵，笑得都咳嗽了，他一边咳嗽一边说，“你知道有多少人在羡慕你拥有写作的能力吗？你就算为了这些羡慕，也不能浪费。”

朴风点了点头。杜克拍了拍他的肩膀说：“但是作为一个创作者，你最好把精力集中在你真正感兴趣的东西上，因为每部作品都将拿走你生命的一部分，而生命是短暂的。”

朴风说：“我明白，我当然明白，所以我决定把这本书推翻重写了。”

杜克又咳嗽了起来，咳嗽好一阵过后，才说出来一个“好”字。

而朴风在那一刻，也把那想要放一放的心情收了起来。就如遇到困境去买醉的人一样，会在那些迷离的眼神中，把所有困难都忘掉了，没有什么是跨不过去的，人生豪迈，只在今宵。

人最痛苦的是背负着内疚活着，而比背负内疚更痛苦的是背负期待。

从昨晚见过杜克到现在，朴风抽了两包烟，胸腔如烈火燎过般的干疼，杜克的理解与期待让他连睡眠里都在思考着写作的事情。半梦半醒间，梦境杂乱无章，那期待并不像冷水一般劈头浇下，万念俱灰，而是一小团文火，慢慢地烤着，不管不顾地支撑着你的信念：一定要好好写，一定要写出来，一定不能让别人失望。

朴风从床上爬起来，打开文档，重新敲下第一行字，然后时间就如静止了般，那文档几个小时都没有再变化过。朴风坐在那里，变换了无数种姿势，门前的车一辆又一辆地经过，车灯晃过又寂灭，直到屏幕暗下来，朴风才又听到钟表那嘀嗒声，如潮水般有节奏地袭来，时间一点都没有等他。

他感到了饥饿，冰箱里只有冷掉的三明治，是玛西娅走之前做的，他不想吃，天气冷了，突然想喝碗热乎乎的汤。他穿上外套，走出了家门，地上的雪都在，路就有些滑，他走得小心翼翼，害怕摔跟头，但已是深夜，即使摔了也没有人会看到嘲笑他。

他此刻并不难过，焦躁也消失了，内心是一种久违的平静，和这雪夜的街景，完美地融在一起，都是不动声色的萧条，以及声音被吸走的安宁。可能也因是深夜，路边的店铺大多都休息了，他走了一条又一条街，这决心终于打动了某个神明，远处出现了一家门口冒着热气的小店。

他进去喝了一碗汤，又吃了点食物，再走出来，心情更明朗了，想着的都是新书交稿后杜克满意的神色，还有出版后摆在书架上的整齐。他的脸上露出不经意的笑容，那笑容是不用过多解释的美好。

但这些美好到来之前，他需要先喝上一杯，就是那种偶尔辛辣、偶尔苦涩、偶尔还有点甜的酒，他在刚刚静坐的那几个小时就把这事情打算好了，也因这计划好的坚定才换来了平静和食欲，才换来了明朗和笑容。他想着，世间有千百万种好东西，酒绝对算是其中一种。

朴风裹着风雪推开酒吧的门，服务员还在吧台里擦杯子，对于他如此频繁地到来，并没有感到惊讶，时间长河，客人繁多，见怪不怪了。

朴风也没有了前几次的拘谨，直截了当地冲服务员要酒。服务员笑了笑问他，“又是新书？”朴风点了点头，服务员转身给他去调，他便不慌不急地等待着，清闲地随便四处看着，忽然看到角落里有个男人趴在桌子上睡觉，从侧脸看，有些面熟。

朴风慢慢地靠过去，发现睡觉的人竟是冷一，那个第一次带他来这里的作家，他的脸还是那么的苍老，但和第一次见到时相比，也没有继续苍老下去。朴风轻轻地推了推冷一，但他没有反应，像死去了一般。朴风的心一惊，后退半步，又推了推，冷一终于如从水底爬上来一般，长长地呼了一口气。

朴风的心落下了，看着冷一慢慢地醒过来。

“好久不见啊！”朴风热情地冲他打招呼。

冷一迷迷糊糊地看着四周，嘀咕道：“我怎么睡在这了？”然后才像酒醉的人猛地想起什么似的，脸上的疑惑舒展开了。他看了看带日期的手表，然后才将视线聚焦在朴风脸上，说：“是啊，好久不见。”

“你这次睡了多久啊？”朴风好奇地问道。

“感觉上次和你见面还是在前阵子，你说有多久？”冷一苦笑道。

“这么久！”朴风有些惊讶，然后想想道，“也对，自从上次我们见过后，你好像一本书都没有再出。”

冷一叹了口气，“人生艰难的事太多，所以一次比一次久。”

“我上次才睡了一个星期。”朴风说这话时竟有些炫耀的成分。

“那你真幸运。”冷一耸了耸肩，“我先走啦，去享受人生中的高光时刻了。”

“什么高光时刻？”朴风被弄糊涂了。

“没什么，这是我自己起的名字，我觉得在这喝酒后，每次醒来都是人生中的高光时刻。”冷一一脸向往的样子。

“听起来倒是不错。”朴风说道，冷一摆了摆手，没有再继续这个话题。“祝你好运。”他又拍了拍朴风的肩膀，走了出去。

朴风看着冷一的背影，看他在门前拦了辆出租车，却被一个不礼貌的年轻人抢走了，他就站在雪地上，被寒风吹得哆哆嗦嗦，那胳膊如枯枝般上下摇晃着。

“先生，您的酒好了。”服务员的声音把朴风的目光招了回来，朴风端起酒杯，来回地看着，那酒冒着红色的火焰，都是诱惑，可他并不急，难得地从容。他看了看服务员，“你在这儿工作多久了？”

服务员奇怪地看了他一眼，“很久了。”那语气是并不太想聊天。

“那是多久？五年？十年？不能更久了吧？看你的年龄也才三十几岁。”朴风打量着服务员。

“这间酒吧有多久，我就在这多久了。”服务员并不正面回答。

“那这间酒吧有多久了呢？”朴风打算追问到底。

“你觉得有多久？”服务员反问了回来。

朴风笑了笑，“你说话喜欢绕圈子，这样不太好，年轻人之间不应该这么说话的。”朴风指了指吧台，“你这儿有没有普通的酒？我想先喝点别的，今晚难得轻松。你一定明白这种感觉，就是有一件好事在前方等着，你知道它肯定会来，就不急了，在到来之前的所有时间都是美好的。”

“没有，我们这儿只卖一种酒。”服务员有些无奈。

“那你们怎么对外营业？我是说那种不是来喝这种酒的客人。”朴风用手指弹了弹杯子。

“来这儿的都是喝这种酒的。”服务员冷冰冰地说道。

“就没有人走错过？如果普通的酒客进来了，你们怎么和他们解释？”朴风越问越好奇。

“没有人走错过。”服务员斩钉截铁地说道，“每个人都知道自己要什么。”

朴风愣愣地盯着他，随即收回目光，“没劲透了，和你聊天太费劲。”

服务员嘴角有个微小的弧度，像是在笑。

朴风把视线又投向那杯冒着红色火焰的酒，准备要喝下去，却听到服务员说：“我看过你的书。”

朴风感到意外，“看过我的书？”

“写得不错，就是太轻飘飘的了。”服务员说道。

“你这话和杜克那家伙说得一模一样。”朴风看了看天花板，那上面竟是一面镜子，倒映出他的整个身体，他喃喃自语道，“轻飘飘，等这杯酒下肚就不会再轻飘飘了。”

“祝你好运。”服务员这话倒是说得真诚。

朴风似有不屑地笑了笑，一口把那杯酒干了下去，整个胸腔又如燃烧一般灼热。正当他快失去意识的瞬间，听到服务员说了一句话，“你和你父亲长得很像。”

父亲长什么样呢？朴风竟一时想不起来了，他被燃烧成粉末，埋葬在墓园里，听着冬天里的大风呼呼刮过，再也没有烈酒可以取暖。在被燃烧之前，他因喝多了酒工作，被车子压在下面，血肉模糊。朴风倒是在梦里总会看见这个场景，就像他当时就站在一旁似的，他救不了父亲，伸出手拉一把都做不到，他在梦里也看不清父亲的面容，只剩下一个笼统的念想，这或许就是释怀吧。释怀的下一步是忘却。

服务员说的还有可能是另一个父亲，那个与自己有血缘但从未谋面、也不知道是谁的男人，嫌疑最大的是和母亲一起自杀的那个，剩下的嫌疑可以分给茫茫人海中无数个男人。就像是个写着父亲二字的白纸贴在脸上的人，这样也就等同于没有了具体的形象。

再或者，服务员只是开了个玩笑，他怎么会认识呢？可是认识与不认识，都不重要了，当一个男孩长大后，就不需要引路人，也不需要反抗对象，确切地说，是不需要父亲了。

朴风在梦里想明白了这一切，翻了个身，想多沉浸在这种轻松里一会儿，却有个柔软的东西在触碰他的脸。他用手挡了一下，那东西又摸上来，细细的，滑滑的，肉嘟嘟的，他猛地睁开眼睛，便看到了一只小孩子的手，再往远一点看，一个肥嘟嘟的小脸在懵懂地看着自己。

小孩子看到朴风醒了，开心地用手又拍打了一下朴风的脸，这回是有些力气的，然后咿呀地说了什么。朴风没听清，“你说什么？”

小孩子咿呀地又说了一遍，“爸爸。”

朴风一个激灵坐了起来，“你管谁叫爸爸？”

孩子也不回答他，抱着他的手指就啃。孩子刚长牙，咬人怪疼的，朴风大叫了一声，玛西娅闻声过来，把孩子抱起来：“快起床，我今天要和球队去外地比赛，我得提前到，给大家打打气，我们连续三年排名垫底，大家都没心劲儿了。”

“什么？三年？”朴风大感惊讶。

“有什么大惊小怪的？你又不是不知道，所以今天这最后一场比赛，一定要赢，哪怕球队解散了也算是个 happy ending。”

“最后一场比赛？那就是第四年？”朴风简直不敢相信。

“是啊，一转眼就在球队待了四年，要解散还真舍不得。”玛西娅抱着孩子转身出去，朴风愣在床上，还沉浸在这快进了四年的恍惚中。

“别愣着啦，快点起床！奶粉我冲好了，晾一下再给他喝，我出门啦！”玛西娅的声音传来，接着是开门关门的声音。

朴风走出卧室，看到外面是一个初冬，似乎刚落下第一场雪，仍旧是那种细小的颗粒，而街道外的建筑，也没有什么大的变化，那些房子早已站成了永恒。再仔细看看，几棵小树长高了，斑马线重新刷了，天空透着一股深邃的蓝，把岁月都融了进去。

朴风收回神来，看到孩子站在餐桌旁，伸手够桌上的奶瓶，怎么够都差一点，他走过去，把奶瓶拿在手中，来回地晃了晃，这动作看来是早就做习惯了。他把奶瓶递给孩子，然后看着他双手捧着奶瓶喝奶，大口大口很香的样子。面前的这个小家伙就是自己的孩子，真是没有一点真实感。

他好奇地看着孩子，可是太小，从面容分不清性别，他把孩子的裤子往下拽了拽，看清楚又提上，“哦，你是我的儿子。”

小家伙只顾吃奶，完全不理会他，他又盯着孩子的脸仔细地看了看，“你叫什么名字？”

小家伙还在吃奶，朴风无法沟通，觉得无聊，他走进洗手间，刚要坐在马桶上，却先看到了镜子中的自己，满脸胡子，头发短了一些，眼角有了细小的皱纹，时间开始在他身上留下痕迹。

他苦笑了笑，嘀咕着：“四年，四年。”想到这他又摇了摇头。

11

“这四年的等待是值得的！”

杜克打来电话先冒出了这句话，“原谅我刚把全书读完，我一点儿都没耽搁，是一口气读完的，但字数太多了。我不是在抱怨，也不是在批评，非常好看，非常好看，要是字数能再精简点，就会更完美了，这看你自己，我觉得哪怕一个字都不改也是极其惊艳的作品。”杜克语气激动，这四年过去，人都该成熟一些，但他却越发不沉稳了，仿佛时间没有在他身上增加任何的重量。

“真的吗？”朴风将信将疑，杜克对赞美向来吝啬，如同情感淡薄的人，突然热情似火，不得不让人心生怀疑。

“抱歉，我是不是太激动了？”杜克的语气此刻恢复了正常，“但我说的都是真的，好些年没看到这么优秀的稿子了。”

朴风长吁了一口气，这时间与换来的结果是成正比的，他好害怕用四年的时间换来一堆垃圾。于是他表示希望能和杜克见面聊一聊，但杜克却反问，你忘了吗？我正在国外度假，你的稿子把我半个假期都毁了。

“哦哦哦哦。”朴风用四个“哦”假装自己真的忘了，又和杜克约定他回国后一定要第一时间见面。朴风挂了电话便去找电脑，他也急着看看稿子到底是什么样子，能让杜克如此赞赏。

他走向书房，之前电脑一直放在那里，推开门却看到那里被改造成了婴儿房，粉粉嫩嫩乱七八糟的。他又回到客厅，原来家里有了孩子后，东西都挪了位置。他找了一圈，才在角落的地板上看到笔记本电脑，电脑正打开着，本来已经睡觉的小家伙不知什么时候醒来了，拿着一个空瓶子在玩。朴风纳闷他怎么在玩空瓶子，下一刻就看到了电脑键盘上面洒满了果汁。

朴风急忙把电脑拿起来，把果汁擦掉，晾干，又用吹风机吹了一阵，才小心翼翼地按下开关键，可是却没有任何反应，黑色的屏幕上反照出朴风阴沉的脸。

小孩子看不清形势，还在一直伸手要抓电脑，朴风躲了几下，但孩子还在抓，朴风心里急，就火了，冲着孩子大吼：“你到底要干什么！电脑都被你玩坏了！”

孩子听不懂内容，但是能听懂语气，他被吓了一跳，一屁股坐在了地上，“哇”的一声大哭起来，满脸的委屈。朴风看着有点心疼，只好强压住火气，把电脑放在一旁，蹲下身去把孩子抱起，却发现孩子又尿了裤子，湿答答的沾了一手。

朴风看着满手的尿、大哭的孩子以及坏掉的电脑，内心有一刻是逼近绝望的，这当父亲的感觉糟透了。

朴风抱着孩子来到了旅馆，孩子还在哭，可能是冻的，也可能是被朴风一路焦躁的情绪吓的。

朴风推开门，带着一身的寒气，“老板娘！老板娘！”他楼上楼下地喊道。旅馆比前几年更破旧了一些，甚至有了破败的迹象，他的声音在屋子里打着旋，一些陈年的灰尘就落了下来，他这才感觉到屋子里也冷冰冰的，和门外相比，只是少了些风声。

但角落里的炉火还在燃烧着，证明还有主人的存在，可那炉火也是要燃尽的样子，主人应该走了很久，没有人给它添柴，它在坚持着，等待着，尽量去温暖整间屋子。

朴风准备去对面的丧葬品店找一找，刚要离开，门却被推开了，老板娘和丧葬品店的老板一起进来了，确切地说，是老板推着老板娘进来。老板娘坐在轮椅上，那车轮在越过门槛时，老板有些没控制住，轮椅眼看就要倒了，朴风赶紧上去扶了一把，那轮椅才没倒成一片糟粕。

朴风看着轮椅上的老板娘，腿上盖着条毛毯，本就不算高大的身体，显得更加瘦小，脸上的皱纹多了很多，比皱纹更让人显老的是，那对生活充满热情的神采已荡然无存，空剩下一副挨一天是一天的愁容。

这一切，都让朴风愣住了。

老板娘看到朴风倒是立马堆出一摊笑容，这笑容更多是朴风的孩子换来的，她拍着双手冲着孩子道，“小宝贝快过来，让奶奶抱一抱。”

朴风把孩子递给老板娘，“也不知道怎么搞的，一直哭。”

老板娘一边哄着孩子，一边握着孩子的脚，“看这小脚冻的，出门也不知道给穿双袜子。”老板娘埋怨朴风。

“玛西娅又去外地啦？”丧葬品店老板问道，他倒是没什么变化，眼角甚至连皱纹都没多出一条，白发也看不到一根。男人在中年以后的很长一段时间，岁月在他们身上都是静止的。

朴风点了点头，“今年的最后一场比赛了。”他又看了看老板娘，询问老板，“她的腿好点儿了吗？”这是在试着不动声色地寻找答案。

“好不了了。”老板娘倒是抢着回答，“这辈子离不开这轮椅了。”她的语气倒是豁达。

“真的治不好了？”朴风没底气的在问。

“半身不遂怎么治？这上半身能动就不错了。”老板娘哄孩子倒是有一手，孩子不哭了，在她怀里眯着眼睛，也快睡了。

丧葬品店老板搓了搓手，“这屋子里还真冷。”他走到炉子旁，把那将熄灭的炉火又添柴引旺，很快炉子边玻璃上的冰花就融化了，屋子里也有了热气。

“最近都没客人住吗？”朴风环顾着屋子问道。

“你今天是不是成心来气我的？净问些莫名其妙的问题。这旅馆都停掉一年多了，和他生下来的时间一样长。”老板娘晃了晃怀里的孩子，“你长大可得养我哦，就是因为你妈生你的时候难产，我跟着着急，才脑出血的。”

朴风这下才算是得到了答案，心里一阵五味杂陈，不知道该说什么，倒是丧葬品店老板在一旁插话：“你得这病不怪自己喝酒，还怪人家难产？哪有这个道理。”说完兀自笑了笑，看来这件事在大家的心里早已过去，可以变成玩笑说出来了。

没有对命运和苦难的一味埋怨，而是试着从容地接受它，这或许就是老年人才有的活着的智慧。

朴风没有这种智慧，他眼里看到的还只有苦难，这四年的时间里，似乎一切都走向了糟粕，这糟粕在醒来的第一天就在慢慢地压向他，完全不似前几次醒来后，生活豁开口子似的春风灌满，万物向荣。

他感到难过，这难过里藏着巨大的空虚，让人无力抗拒。

还好，还有那完成的书稿可以聊以慰藉，他虽然不记得写了什么内容，但那里应该会藏着所有美好的契机，一翻开就春光明媚。

朴风把电脑送去了维修行，得到的消息是要返厂，一周后才能送回来，他就又回旅馆和大家吃了晚饭，才抱着孩子回家。

孩子到了夜里倒是听话了，没用朴风怎么哄便睡觉了。朴风躺在一旁看书，时不时盯着小家伙的脸看一眼，心头也慢慢涌起些莫名的喜欢，在他的小手上轻轻握了又握，而那小手在睡梦中也回握了一下他，身体里那份天生的父爱，被这无意识的动作唤起，朴风突然有些感动。

他在孩子的身边，有了种很辽远的安心之感，他在这样的心境中，毫无警惕地睡着了。听到房门响动时，已是深夜，他走出来按亮了灯，看到玛西娅一脸疲惫地走进来，精神状态非常的不好。朴风小心翼翼地问道："比赛怎么样？"

玛西娅摇了摇头，"输了。"

朴风刚想组织语言安慰一下她，玛西娅就又满脸自责地道："本来可以赢的，我不该在最后几分钟换人的，都怪我。"

"你别难过了，我知道你心里肯定不好受，但事情已经发生了，就不要再为它后悔好吗？"朴风走上前，抱了抱玛西娅。

玛西娅的身体软绵绵的，消瘦又无力，"我没事的，你快去睡吧。"她轻轻地挣脱开朴风的怀抱，向沙发走去，但只走了三两步，就突然摔倒在了地上。

朴风冲过去想把玛西娅扶起来，"你没事吧？"却看到玛西娅双眼紧闭，已经昏迷了过去。他一下子慌了，脑子转了几圈才想起打电话叫救护车，却被告知要三四十分钟才能到。朴风等不及了，把玛西娅背起来就往外面跑，想拦一辆出租车，可雪夜车少，怎么都拦不到，他就只好背着玛西娅往医院跑。积雪路滑，他跑得艰难又吃力。

他一边跑一边不停地和玛西娅说话，"再坚持一下，马上就到了。""你能听到我说话吗？你醒醒？""一定不要有事情啊！你就是太累了！"他终于累得跑不动了，一下子跌倒在路上，还好没摔到玛西娅，自己的腿却磕了一下，生疼。他坐在地上，焦急又愤怒，是在恨自己笨，他要再爬起来，腿却疼得站不住，又跌坐在地上，绝望得要哭出来了。

一辆车子经过，车灯晃得朴风睁不开眼睛，只能眼看那车灯越来越近，直到车轮逼近眼眶，才终于停了下来。“需要帮忙吗？”一个年轻男人头伸出车窗，是个好人模样。

“需要！需要！”朴风爬起来，在年轻男人的帮助下把玛西娅送到了医院，全程二十几分钟，比救护车要快一些。

朴风揉着磕到的腿，坐在医院的走廊里，给旅馆老板娘打电话，让她去照顾一下孩子。老板娘急着问玛西娅怎么样了？朴风说不知道，人倒是醒了，但还在做检查。挂了电话，他感觉磕到的腿还很疼，便把裤脚挽起来，看到青了一片。这时医生在远处冲朴风招手，他走过去，问情况怎么样？医生让朴风别急，具体的病因需要等明天各项检查结果出来后才能确认。

朴风走进病房，病房里一共有三张床位，只躺了玛西娅一个人。她躺在靠窗的床上，正在输着液，看到朴风进来还勉强地笑了一下。

“感觉怎么样？”朴风可笑不出来。

“我没事，就是太累了。”玛西娅还是很虚弱，她摸了摸朴风的手，“你吓坏了吧？”

“吓死我了，你没事就好。”朴风稍微松了口气，坐了下来。

“孩子呢？”玛西娅问道，“你把他自己留在家里了？”

“我让老板娘去帮着照看了。”朴风握住了玛西娅的手，“我刚才真的很害怕。”

玛西娅又笑了笑，“你都当爸的人了，怎么还像个孩子似的。”

朴风也跟着不好意思地笑了，“你饿吗？我给你买吃的去。”

玛西娅摇了摇头，“我就想睡一会儿。”

“那你睡吧，我就在旁边守着你。”朴风温柔地看着玛西娅。

玛西娅闭上了眼睛，朴风给她整理了一下被子，就坐在了旁边，看着那输液管里的液体一滴一滴地落下，自己也如被催眠般打起了瞌睡。

在半梦半醒之际，有那么一刹那，朴风觉得今天这一切，都不真实，都如大梦一场。

人生往前迈的这一步，太大了，但无论怎样，也退不回去了，好坏都得照单全收。他也会想着，如果没喝那杯酒，现在的一切就会不同吗？还是说命运中所有的线路，都是已经规划好的，醒着或是睡着，都无法改变？人们能做的，就是一直走下去。

好像有人说过，人生最重要的是往前走，去到哪里并不重要。

隔天一早，丧葬品店老板推着轮椅来到医院，轮椅上面坐着老板娘，老板娘怀里抱着孩子，三人裹得厚厚的，看来是又降温了。朴风在门口等他们，一夜没睡好的样子，朴风没有去抱孩子，他糟心透了，没有多余的爱去分给他。

老板和老板娘先是去看了一下玛西娅，她还在睡觉，孩子伸着胳膊叫妈妈，老板娘怕把玛西娅吵醒，急忙又出了病房，孩子就哭了，怎么也哄不好，他们便一边哄着孩子，一边陪着朴风等检查结果。

孩子一直哭，朴风就有些焦躁了，呵斥了他几句，他便哭得更厉害，还伸手去抓朴风，朴风就作势要打他的小手，老板娘一把躲开了，说哪有这么哄孩子的。老板把孩子接了过去，举得高高的，孩子似乎被那高度吓到了，哭声竟停止了。

在外人的目光里，他们几个看起来就是祖孙三代。朴风看着还挂着泪痕的孩子，也觉得人生有时很奇妙，竟会和没有血缘的陌生人活成了一家子，然后共同悲喜，共同接受命运的审判。

所以，如果不是老板和老板娘在旁边陪着他，朴风在听到检查结果的那一刹那肯定会腿软得站不起来。他现在虽然已经过了三十岁，但几次的人生“快进”，让他缺失了生活的磨砺和该有的成长，他的心智仍旧停留在二十岁出头的样子。

当他听到是运动神经元病，俗称渐冻人症后，他先是无助地看了看老板和老板娘，再回过头看了看医生一脸的同情，才感受到那巨大的恐慌。他心跳加速，突然胃痛。

他坐在椅子上，捂住胃部，可能都没找对位置，整个身体在不自主地颤抖。他问了一句很多人在不愿面对现实时都爱问的话：“不会搞错了吧？”

老板娘把手伸过来，握了握他的手，这是个安慰的动作。老板拍了拍他的肩膀，孩子也伸过手来去抓他的头发，但他却无动于衷地看着医生，指望能听到一句只是玩笑的话，可医生却毫不留情地摇了摇头。

朴风脑子里突然闪过玛西娅脚伤喝骨头汤的那段日子，那无法痊愈的或许不是伤，而是疾病。他突然站起身，很没有逻辑地说："不好意思，我出去抽根烟。"他在衣服的口袋里摸了摸，没有烟，"我的烟怎么没有了？"他很懊恼地抱怨了一句，又在上衣的口袋里找到了，掏出来冲大家亮了一下，还不好意思地笑了笑，"原来在这。"

他走了出去，没有看任何标识，就从错综复杂的医院里走到了门口，坐在了花坛边，看着花都败了，草也枯了，只残留着一点绿，在雪中苟延残喘。他拿出一根烟叼在嘴巴里，也没有点着，就那么干坐着。风把他的头发都吹乱了，也没能搞清楚他在想些什么。

一个点燃的打火机递了过来，朴风才回过神来，捂住火苗不让风吹灭，烟才算点着了。丧葬品店老板也点了根烟，在朴风旁边坐下，只是陪着他抽烟，一句话都不多说。

烟很快抽完了，朴风又要点一根，这回老板制止住他了，"这不是几根烟就能解决的事情。"

朴风不说话，把烟拿在手里转圈。

"你现在脑子一定很乱吧？"老板问道。

朴风点了点头，"是觉得不真实，不像真的。"

"人都这样，不管好的坏的事情，超出预料了，都不敢相信是真的，其实就是不敢接受。”老板说道。

“这根本没办法接受。”朴风突然就想哭。

“我明白，但你一定要比玛西娅更快地接受，不然又要她来安慰你，这对她来说太残忍了。”老板侧着脸看朴风，朴风双手捂住了脸颊。

“为什么会这样？”他几乎带着哭腔。

“不管怎么样，生活还是要继续下去啊。”老板的话里也满是无奈。

“我懂，道理我都懂，可又能怎么样？我现在心里有多乱多难受，别人根本没办法理解，这些人生道理在关键时刻全都是骗人的！没用的！一点用都没有！”朴风也分不清自己是在冲谁发火，但他就是想抱怨，想发泄一下。

老板没有再说话，点了一根烟递给朴风，“如果抽烟能让你平静一点的话，那你就抽吧。”

朴风接过烟，抽了一口，猛地咳嗽起来，这咳嗽越来越猛，他整个人蹲在地上，蜷缩在寒风里，狼狈不堪。他一边咳嗽一边嘀咕着：“为什么是她？为什么是她？”

风把他手中那微弱的烟雾吹散了，荧荧点点的烟火却更亮了一些。可无论是那风还是那烟火里，都没有答案。

丧葬品店老板陪着朴风一起走回病房，玛西娅已经醒来，精气神看起来很好，在逗孩子玩，老板娘的表情也控制得到位，没有泄露出一丝关于病情的危机。老板拉了拉老板娘的衣服，示意她出去，老板娘赶快找了个借口，说要去洗手间，老板就推着轮椅出去了。

朴风坐在了床边，逗了逗孩子，又握住了玛西娅的手，看着她也不说话。玛西娅温柔地问他："怎么啦？检查结果出来了？是不是病情不太乐观？"

被她突然这么一问，朴风准备好的掩饰和逐步渗透的话语都没了用武之地，他本来还在试图挣扎一下，想个新的应对之策，但又没那么快能想到，便猛地就放弃了。他很重地点了点头。

"是癌症吗？"玛西娅问得直白。

"不是不是！"朴风急忙否认，这两个"不是"倒是坚定，仿佛终于抓住了比预期要好一点的事实，说起来就有了底气。

"那是运动神经元病吧？"玛西娅又问道。

这下换作朴风惊讶了，她怎么一下就猜中了，说的还是这么陌生的疾病学名，而不是像普通大众只知道"渐冻人症"。

朴风脸上这一瞬的惊讶，在玛西娅那就是证实，她的表情落寞了一下，缓缓地看向了窗外，眼泪慢慢落了下来。但她不想让朴风看到，急忙擦了擦，接着像是释然地笑了一下，"还是逃不过。"

这话让朴风困惑，但他以为在说命运，便安慰她："有病我们就治嘛，什么逃不逃得过的。"

玛西娅很认真地看着朴风，"我这病是遗传，我爸就是得这病走的。那时我太小，没太多记忆，但这病的名字倒是记下了。"

“怎么没听你说过？”这话不是抱怨，只是纯粹的疑问。

“怕你不娶我啊。”玛西娅倒是开了一个玩笑，说完自己笑了，朴风却笑不出来。

“没事，也挺好的，反正人总要死的嘛，这比什么意外啊、突然死亡啊好多了，我们还能好好地告别，最少还有两三年的时间，这真是漫长的告别。”玛西娅说完看着朴风，揉了揉朴风的头发，“别难过了，已经这样了，看你难过，我心里也不好受。”

最后还是要她来安慰他。

“对不起，对不起，我一切都做不好。”朴风嗡嗡地说道。

“我才是该说对不起的那个人。”玛西娅说到这儿，摸了摸孩子的小手，本来还想说什么，又打住了。她深呼了一口气，是在调节情绪，“不说难过的了，我们回家吧！”

玛西娅说着下床收拾东西，朴风却仍旧坐在那一动不动。玛西娅催促他，“你干吗呢？快去办出院手续啊！”

朴风这才缓缓起身，却没有往外走，“我们再去别的医院检查一下吧！没准搞错了呢？”

玛西娅摇了摇头，“那我们就抱着检查错了的心态回家呗，没准就真的错了呢？”

玛西娅的眼睛还红着，可里面已满是坚定。朴风看着那双眼睛，说不出固执的话，只好去办出院手续。此刻他心里有了一丝侥幸，这侥幸是玛西娅给的，也是自己给自己的，或许，她说的是对的呢？

人活在这世间，之所以能面对大多数的艰难，都是因为心中的那一口气，那是一种不服输，是一种寄托、一种希冀，也是一种坚持、一种侥幸，那一口气别人给不了，只能自己给自己。

丧葬品店老板和旅馆老板娘把朴风一家三口送回了家，但只是送到了门前，没有进屋。他们的本意是送回来，大家再一起吃顿饭，稍显得热闹一点，不至于让这事过于苍凉。可朴风和玛西娅都让二人回去吧，说他们自己能应付这一切。两人也就不好再坚持，毕竟这一遭事情摆在眼前，大家都要适应，最好的方式是都冷静一番，想一想接下来的日子要怎么面对。人在独处的时候会更睿智一些，他们应该都明白。

朴风一家走进屋子，有些昏暗，打开了灯，但也是冰锅冷灶。玛西娅把怀里睡着的孩子放进卧室，朴风走进厨房，打开冰箱就要做饭，玛西娅也跟了进来，说还是我来吧，你做不出什么好吃的。朴风不从，硬是抢着做，冰箱里的一颗土豆在两人手里抢来抢去，就脱手滚到了地上。

朴风有些生气，俯身去捡，说你都生病了，就好好待着吧。玛西娅本也俯下的身体，停在了半空，又缓缓直起身子。朴风意识到自己刚刚语气不好，急忙道歉，一句“对不起”刚说出来半秒，玛西娅就急着回了“没关系”。她接着把土豆从朴风手里拿了回来，径直走到灶台前，找出削皮刀，一下一下地削着。

“以后你照顾我的时候多着呢，不用急这一时半会儿的。”玛西娅没抬头，把土豆削得认真，语气里也没有怨气。

朴风听着心疼，也不好表现，只得半开玩笑，说：“我这不是想着练练手嘛。”

没想到这话，又把玛西娅招惹哭了，眼泪大滴大滴地落下来。她也不去抹眼泪，而是说：“在我还能动的时候，就让我继续照顾你吧，能多照顾一天是一天，能多给你做一顿饭就多做一顿饭。我这人一辈子没什么大的愿望，和你在一起就全都知足了。”

朴风也湿了眼眶，愣在那里不动，玛西娅接着说：“前段日子，有天早晨，我做好早饭想叫你起床，推开卧室的门，看到孩子躺在你的胳膊上，你们两个都睡得香，我就站在那里看了很久，都忘记该叫你起床了。那时我就在想着，自己上辈子一定做了很好的事情，才会遇见你，才会拥有眼前这一切。所以现在谁要是问我离开这个世界会遗憾吗？我会说有遗憾，但也不遗憾了。”

玛西娅抬起头，冲朴风笑，眼里还有泪，她用握着土豆的手背擦了擦。

朴风靠在冰箱上，后背一片冰冷，没了退路。他眼里也有泪，也在冲玛西娅笑。

两个人站着不动，身后有一缕黄昏的光落在地上，把那一小处温暖起来，哪怕只有小小的一处，也是无限的温柔。

一段时间后，玛西娅的球队解散了，俱乐部在酒店里举办了一个聚会，玛西娅和朴风去参加。朴风看着喝酒说笑的众人，并没有预想中的伤感氛围，可能这个俱乐部只是这些人生命中的几分之一，没有必要为之在感情上大动干戈。生命中的一些事情，真的是有主次之分的，说全部都该珍重的都是假话。

玛西娅的病情并没有透露给队员们，无论球队解散的事情对大家重要与否，终归是个坏消息，如果再说出这件事的话，那就等于是祸不单行，玛西娅是个从来不扫兴的人，你喝酒我就陪你干杯，你说笑我也能够玩闹，所以不想添这个堵。

朴风站在她身边，看着她若无其事的样子，心中不是没有过怀疑的，玛西娅现在的状态是装出来的吗？为了不给别人添堵，为了守住一份体面，隐藏住所有的悲伤。还是说在她的心里，生病这件事已经坦然接受了？落定的事实，就没必要再挣扎了。或许她在这三十年的人生里，早就对这件事做好了潜移默化的准备，在不自知的情况下，铺上了一层又一层的垫子，当撞击真的到来的那一刻，才发觉自己早就有了护甲，虽然还是会震惊还是会害怕，但总比手无寸铁的人要坚强些。

这两个疑问朴风都没有开口去问，无论是哪一个答案，都有拆穿的嫌疑。相比于玛西娅，他永远是脆弱的，他害怕难过，更怕因玛西娅的难过而难过。可他又站在一个矛盾的立场上，难过或不难过，开心或不开心，坚强或不坚强，都要找一个微妙的度，因为一不小心就会让他自己心生怀疑，怀疑他对于玛西娅病情的态度，怀疑他对玛西娅的爱还剩几分。

他那天喝了好多酒，也搂着玛西娅的肩膀，陪着她和很多人说了很多的笑话。球员们还为玛西娅戴了个半搞怪半象征性的花环，感谢她为球队作出的贡献，那一刻玛西娅是感动的，微笑着做娇羞状把头靠在他的肩膀上。那花环上有刺，扎了朴风一下，他突然就从迷醉中清醒了一点，眼前的一切都只不过是他即将残败人生的虚光，他要对着虚光保持礼貌的微笑。

聚会结束后，坐回车里时朴风终于松了一口气，玛西娅也累了，把头靠在他的肩膀上，说你太小心翼翼了。就这一句话，他就知道玛西娅全都明白的，他的矛盾挣扎，他的左右为难，他的不知所措，他的将信将疑，她全都看在眼里。

朴风没有说话，低下头在玛西娅额头上吻了一下，玛西娅突然叹了口气，“我工作也没了，应该也不能再工作了，以后该怎么办啊？”这话的语气是不掺半点假的愁苦。朴风一下子也心生忧愁，以前的日子里仿佛只要有玛西娅在，日子再难也有冲劲，也有办法熬过去。可现在玛西娅就要倒下了，没有人来解他的忧愁和烦恼了，所有的问题都抛给了他，他突然就被难住了。

“应该会有办法的吧。”朴风看着车窗外的夜色，寂凉得和此刻的话语一样心虚，是种满是怀疑的自问自答。

大部分作家的生活都是窘迫的吗？一生都在为生计而苦恼，好像是这样的吧？朴风这么想着，也突然就觉得真的没什么大不了的，会有办法的，那些人不是也都熬过来了吗？

可能是胃里有一些酒，人都柔软和乐观了些，哪怕这些也都是没来由的、不负责任的迷惑人心，但也能真实地暂时放松一些，放弃一些明天才会到来的苦恼，让今夜能好眠。

生活不会对任何人下死手的，所有看似的死手，到最后都会手下留情。

反正那一刻，朴风看着凉凉的夜色时，是这么想的。

隔天朴风给还在度假的杜克打了个电话，把玛西娅的病情讲给了他，之后吞吞吐吐地问杜克能不能再预支一些版税。杜克陷入了沉默，朴风听到了电话那头的海浪声，哗啦哗啦的，像很多半梦半醒的清晨，耳边传来的那种模糊的声响，似在唤醒澎湃。

杜克的声音终于再次传了过来，他先是对玛西娅的病情表示了同情，很沉重的同情，接着拒绝了预支版税的事情，因为版税几年之前就已经预支过一笔了，出版社不会同意的。

朴风想说我知道那笔钱你都替我还回去了，但他没说，再难也不该揭穿那些善意，也不该再让杜克为难。他心里也很不是滋味，刚要找一些话来缓解这相互的为难，杜克又开口了，说虽然预支不了版税，但可以私人借给他一笔钱。

朴风一愣，多年前杜克失去了金表后空荡荡的手腕又在他眼前晃了晃，还有秋天里球场边的那个拥抱，他几乎要热泪盈眶了。

杜克在电话那头接着说，不过借这笔钱是有条件的，毕竟这些钱是他多年的积蓄，他想要朴风和他签一份合同，自己来做他这本书的独家代理，所有收入的版税归朴风，但版税外的其他收益，两个人将对半分。

朴风听说过这种合作模式，似乎好多出版商都在这么操作，他便毫不犹豫地答应了。此刻电话那头的杜克，在朴风心中就如同一座灯塔，除了给迷途的人引路外，更拥有着驱赶寒夜的温暖。他脑子里瞬间闪过许多和杜克相处的片段，他总是很正经很绅士地戴着圆礼帽，开始不抽烟，后来又抽着烟，爱说些一板一眼的话。朴风细想一下，如果算较真的话，他已经四年没有见过杜克了，他此刻突然很想念他。

杜克是两天后回来的，朴风在门前给了他一个用力的拥抱，把杜克的帽子都弄歪了。杜克对这突然的热情有些受宠若惊，张着两条胳膊，两手都拎着东西，那是送给玛西娅还有孩子的礼物。

玛西娅做了一桌子的菜感谢杜克的礼物，杜克笑着说这桌子菜可比礼物贵重多了。面对玛西娅，他还是有点小心翼翼，面对绝症病人时，人们都很难表现得自然。于是那顿饭吃得还是有些别别扭扭，很多平常的话题和玩笑都要刻意规避掉敏感的字眼，比如死亡，比如活着，比如以后的打算。

于是更多的话题便落在了孩子身上，可那孩子还不知道自己身上的重任，只是坐在玛西娅怀里，扭一扭，动一动，好奇地看着大人们说着笑着，但似乎也不是真正的轻松。

饭后玛西亚抱着孩子回房间休息，她最近时常感到疲惫，时不时就要休息一下。朴风和杜克坐在客厅里喝着啤酒，气氛相对轻松了一些，他们不可避免地谈起了以后，但说的却是朴风的以后，这里面明显不包括玛西娅。这不是残忍，这是心知肚明的事实，无须躲闪。杜克问起朴风接下来的写作计划，问起对往后生活的打算，问起孩子的将来。

朴风喝着啤酒，目光迷茫，说自己对以后还没想过，一点都不敢想，甚至觉得没有以后了，他不知道没有了玛西娅该如何生活。

杜克往前倾了倾身子，看起来像是要安慰他，可是张了张嘴，又什么都没说，应该是不知道该怎么开口，于是只叹了口气，身子又靠回了椅背。

朴风也觉得气氛有些沉重，他不该因为杜克是个好人就把自己的苦痛强加给他。他摆了摆手，说不说这些让人难受的了，反正日子就一天一天过呗，走一步看一步吧。

“别回头，人生最怕的就是回头了。”杜克吸了一口烟，把烟雾对着灯光吐了过去，那烟雾就没有规则地蔓延开来，有了具象的流动。朴风却猛地站起身，把那些烟雾搅散了，也把话题换了个方向，“哎？那个代理合同呢？你拿来了吗？我现在就签了。”

杜克也猛地想起了什么似的，从包里掏出了一张银行卡，“你不说我都忘了，这个钱你拿着。”

这下朴风倒不好意思了，“我不是这个意思，我没催你。”

杜克把银行卡往朴风手里一塞，“你催不催都是你的啊，这有什么好客气的。”接着杜克又从包里拿出了一份厚厚的合同，“合同我也带来了，你看看有没有什么问题。”杜克把合同放在书桌上，又看了看手表，“时间不早了，我先走了，你签好了邮给我就行。”

杜克起身要离开，朴风把他拦住了，“你等一下，我签完字你再走。”朴风找了支笔，在合同上需要签名的地方迅速签上了名字，“合同这玩意儿我也看不懂，你觉得行就行。”字签完了，朴风把合同递还给杜克，杜克把合同在手上拍了拍，开玩笑地说：“这就算是卖身契了。”

朴风笑了下说：“那就再干一杯吧。”朴风把杜克的杯子里又倒满了酒，两人碰杯，杜克说：“这回看来真的是要喝多了。”他喝了口酒，又拍了拍朴风的肩膀，很认真地说：“别怕，以后会好的。”

朴风头点得认真，却没有甚至万分之一的把握。会好吗？那些飘忽的未来，从来都没有过真实感，好与坏都是虚幻的光影，捉摸不定，和那些过去的日子一个样。

12

熬过了冬天，日子就会好过一些。

无数个漫长的冬日里，人们看着窗外的积雪，听着呼啸的寒风，都会这样安慰自己，似乎等到春天一来，所有的苦难也会烟消云散。于是人们总是眯着眼睛，看着外面的一切，恍惚中就已经看到了那些冰河解冻大地复苏的景象，身上就感受到了暖意，嘴角就有了微笑。

这么看来，希望才是人类甘愿活下去的唯一动力。

可这个春天，朴风过得并不好。

玛西娅的病情比预想中要恶化得快很多，她在一个午后倒下后便再也没有能够独自站起来。朴风把她架上轮椅那一刻，两个人对看了一眼，虽然没有任何言语，但都已经明白，玛西娅再也离不开它了。

唯一庆幸的是玛西娅的情绪还算稳定，身体上的不便虽然时常让她动怒，可那怒火也都只是针对自己的，并不会波及朴风和孩子身上。有很多个时刻，朴风看到玛西娅在很艰难地做一件事情，想过去帮忙，但玛西娅冲他很坚定地摇了摇头，示意自己能行，朴风也就只能站在一旁看她去穿一只鞋子，或是挪一下位置，每一个动作都惊心动魄。

看她吃力的样子，朴风还是想帮忙，但也知道，这恐怕是玛西娅最后的自尊，他不能轻易毁掉。这“轻易”单是词汇本身，都会给玛西娅带来伤害，她只是不说罢了。她因做过运动员的强大心理素质，才没有在情绪上也变成一个重病患者。

她从头至尾都不想得到怜悯，而爱处理不当，有时也会变成怜悯。她不能保证朴风对自己爱的成分是否纯粹，她也不想去过多地猜测，但她也明白，自己在感情中，不能变成一个弱者，所以她只有更多地付出，才能确保自己在情感上处在平衡的位置，不至于落入卑微。

她或许天生就是这样的人，也或许是太过于爱朴风，更或许是出于运动员强大的好胜心，她只剩下一个单纯的念头——不想让朴风难过。这动机里面包含的爱，才是最纯粹的。

在很多个午后，在孩子午睡或是在门前的草坪上玩耍时，风轻轻地流淌着，朴风就静静地趴在玛西娅的膝盖上，不知道是睡了还是醒着。玛西娅温柔地抚摩着朴风的头，把他脑后杂乱的头发一点点捋顺。

她有时候也会困了倦了，眯着眼睛的恍惚之间，就觉得两人已经携手走完了人生大半的旅程，相依在老年的时光里，静等着死亡前余晖的降临。这样想着的时候，她心里的那块郁结，就会缓缓解开，被血液融化，没有了惧怕，也没有了恐慌，死亡只是一顿便饭，草草地吃一口就结束了。

可这些也只是想想罢了，朴风还有好漫长的人生要走，她终究是陪不了的。她有时会让朴风读书给她听，读他的新书，还没出版的那本，听着听着她也会伤感，说恐怕看不到上市的那天了。朴风说别多想了，就快上市了，一定会让你看到的。她想了想问，你会把我们的故事也写成一本书吗？朴风用力地点了点头。玛西娅就笑了，说那你一定要把我写得好一点，美一点。朴风说我会把你写成最好的女人，因为和你在一起，我成了全世界最幸运的男人。玛西娅又笑了，说那你一定要换一个好一点的结局。

朴风看着玛西娅，这话让他心里满是苦楚，他俯下身子，在玛西娅额头上吻了一下，说不出任何话。

他把玛西娅揽在肩头，看着面前这一片从童年起就看倦了的景色，也有了陈旧的质感，一些旧事涌上心头，但都被他驱走了，他此刻心里没有杂念地祈祷着，希望时间就停留在此刻，不再前进一步，一小步也不行。

旅馆的老板娘和丧葬品店的老板时不时地还会来家里做客，其实也主要是看望玛西娅。老板娘还是坐在轮椅上，老板推着她到来时，老板娘总会和玛西娅相视一笑，两个都坐在轮椅上的人，似乎更能理解彼此的窘境，露出近乎同病相怜的表情，年龄上的沟壑被填补了，两人之间的话题也就自然多了一些。

而朴风更多的是和老板在聊天，其实也没什么太多可聊的，说什么到最后都会变成哀叹，在苦难面前，很多的愉悦和希冀是装不出来的。朴风最经常问的无非是最近好吗？在忙什么？得到的答案也只能是挺好，还那样呗。老板并不是在敷衍，说得几近事实，人到了一定的年龄，所有的事情都稳定了，生活也就如一面湖水，没什么平地起的波澜。幸福吗？快乐吗？也统统不去细想。

老板倒是有一回雨夜，说了些闲聊之外的事情，说老板娘的女儿可能要把她接走了。这个消息让朴风有些意外，在他的记忆里，那个女儿只存在于老板娘的口中，还有那些从来都没有见过的回信里。他曾不怀好意地揣测过，那个女儿只不过是老板娘一个精神上的寄托，实际根本不存在于真实的生活里，否则怎么会这些年都没有踪影。

老板的想法和朴风很相似，说人的很多关于过去的故事，都可能是为了当下的需求所幻想出来的，有的为了谈资，有的为了脸面，有的只是害怕孤独，谎言说着说着自已都当真了，但没想到老板娘这个女儿却是真的。

两个人说着，就都把目光投向了老板娘的方向，她在和玛西娅讲着什么，满面的笑容，或许也和这件事有关吧。

老板说：“她自从接到女儿消息的那一刻起，笑容就多了起来，你现在看到的都不是最爱笑的时候，刚接到消息那天，夜里睡觉脸上都挂着笑意，帮我扎的纸人，每一个也都在笑。我本来以为她会哭的，走失了这么多年的女儿，终于有了确切的消息，每个母亲都应该哭的，但是她却一直在笑。我想了好几天才想明白，可能是她以前哭得太多了吧，对于这件事的眼泪已经用光了，现在只剩下笑了。”

朴风说："我们除了替她开心，还应该羡慕她吧？苦尽甘来。"这话一半又说的是自己。

可老板只听了一半，他点了点头，又摇了摇头。"说实话，我心里挺复杂的，她女儿没有说要我一起去，而我也只能等她的表态。这感觉挺像我当年在监狱里时，妻子来看我，说犹豫要不要和我离婚。我没有一点主动权，只能等着她的犹豫，最后落成选择，现在也一样。"

朴风在他的眼里看到了落寞，是属于老年人那种深不见底的。"但也值了，这些年也值了。"老板这么说着，看似豁达，实则是无计可施的自我安慰。

"如果，我是说如果，她最后没有选择你，而是单独和女儿走了，你有想过要怎么办吗？"朴风问得小心翼翼。老板看了看朴风，又把头低下去，"如果哪一天玛西娅离开了你，你有想过要怎么办吗？"

这个问题让朴风一愣，他摇了摇头，虽然玛西娅的病情确诊这么长时间了，但他确实没有认真想过那一天真的到来了该怎么办。他不是不敢去想，而是不知道怎么去想，除了死亡，怎样的规划都含着希望，都是新生，都是背叛，都让人难受。

老板拍了拍他的肩膀，两人微微地点了点头，这点头是懂得、明白、相互理解，和老板娘与玛西娅的相视一笑差不多。

六月的某个下午，朴风出门去买菜，他现在承担了家里绝大多数的家务，烧菜也渐渐熟练，算不上拿手，但也算不上难吃。生活中似乎没有什么真正难以做到的事情，只要肯下功夫，只要无路可选，都能办到的。

他刚走到门前，就看到一辆救护车停在邻居老太太家门前，接着老太太被抬上了救护车，看起来是已经昏迷的样子。他一愣，赶紧快走几步过去，却也没赶上，救护车响着警报呼啸地离开了。

朴风突然有种不好的预感，老太太的年纪，太靠近死亡了，这一去，可能就回不来了。他想把这件事告诉玛西娅，可脑子一转，又觉得不妥，便径直往前走，路过自家窗前时，无意中往里看了一眼，便见到玛西娅的脸贴在窗前，目光追随着救护车离开的方向，她全都看到了。

玛西娅也看到了他，两人隔着玻璃，四目相对。朴风装作什么都不知道，笑了笑，玛西娅也只好附和他的假装，推开窗户说让他买几个土豆回来，像是她站在窗前，就是专门为了说这句话似的。朴风点了点头，急忙匆匆离去。

他在菜市场转了一圈，买了几颗土豆，又买了些别的蔬菜，脑子里还全都是那辆救护车的事情，想着回去后还是要去邻居老太太家关心一下，她常年独居，儿子偶尔回来，也不知道这次有没有回来。

朴风拎着菜往回走，路过书店的橱窗，看到这一季的新书摆在显眼的位置，才想起自己很久没有买书了。他走进去看到最前排的一本，封面很好看，书名和作者都是陌生的，便拿起来翻看，只是几眼，便却惊觉这是自己那本还没出版的书。

他在恍惚了一下后，手不禁颤抖起来，他拿着书就要出门，没结账，警铃声响了起来，店员拦住了他。他嘀咕着“怎么回事，怎么回事”掏出钱扔给店员，然后在店员奇怪的眼神中，慌张地走了出去。

他给杜克打电话，杜克没接，他便直接奔向了出版社，可在出版社里也没找到杜克，前台说他早就辞职了。他又找到了杜克的家，家门紧闭，他用力地砸门，门开了一条缝，他撞进去，还是没找到杜克，屋里只有一个老太太领着一个孩子，怯生生地看着他，说杜克把房子卖给她们了。

朴风稍微冷静了一下说，真的吗？什么时候的事？老太太说有几个月了。朴风问，那他搬到哪儿了？老太太摇摇头。朴风问，他离开时有交代什么吗？老太太又摇了摇头，说你再不走我就要报警了。朴风像是了然又像是不自知般一个劲儿轻微地点着头，转身走了出去。

他走到门前，手里的袋子在门边挂了一下，豁开了个口子，土豆落了地，顺着坡道一路滚了下去，朴风没有看见。

他夹着那本书，回到了家里，翻出了杜克当时让他签的合同。他第一次仔细地阅读，原来逐字逐句，都写着骗局，自己把这本书的所有权益，包括署名权都转让给了杜克，费用就是杜克借给他的那笔钱。

他想起那夜自己满怀感激签下的名字，还有杜克当时坦然的态度，他被迷惑了，一直都被迷惑了，从认识杜克的那一天起，杜克做的所有事都是阴谋。

这么想或许狭隘，但他只能这么想了，杜克预知某天他会写出优秀的作品，也预知了他会信任自己而卖了一切，他就像是一个成功的预言家般步步为营，拿到自己想要的东西后全身而退。

他想起杜克在前些年的某一个午后，在咖啡馆前对自己说的那句“我羡慕你”。那时他看着远方的眼神，不是迷茫而是阴谋，他对自己的算计就是从那一刻开始的，而自己却还不知道，还以为那是美好的日子，一切都方兴日盛。

“他妈的，该死！”朴风对自己说着，然后抓起那本书，用尽力气，想撕得粉碎，却因书太厚，只撕了一半便没了力气。因力气散去，怒火也就渐渐地散了，随之而来的是悲伤，是因杜克这个好朋友的背叛而悲伤。

背叛和好朋友的背叛，本质上是一样的。可“好朋友”这三个字，在愤怒的情绪沥干后，剩下来的，要比背叛本身重得多。他想哭，却也想笑，更多的是觉得不真实，一切恍惚，但也一切澄明。

他是个创作者，要比普通人更懂得些无用的道理，这些道理能安抚也能疏解自己，他明白人生里每个相识的人到最后都有一种专属的退场方式，只是杜克的这一种他接受不了。

但也只能接受了。

朴风是过了好一会儿才能暂时接受这样一个结局的，等抽离出来，才发现玛西娅不在屋子里。他找了一圈，没有找到，只看到了熟睡的孩子，脸上还有汗渍，应该是玩累了。可玛西娅呢？他喊了几声，也没有回答，他出了屋子，看到仓库的门开着，那里面有玛西娅的背影。他走过去，想叫她，却又停下了脚步。

玛西娅背对着门坐在那里，越过她的肩膀，朴风看到她面前打开的纸箱子，里面装满了她退役时收进去的足球、球鞋、奖杯等物品。

在半个小时前，玛西娅到仓库里找东西，无意间翻到了这个箱子，刚打开时目光里还满是欣喜，可等物品都一件件拿出来的时候，却越看越难受了。她小心地抚摩着这些东西，如苍老的妇人在抚摩当年的嫁衣，这些是她曾经的辉煌和梦想，是健康的身体和恣意的奔跑，是挥汗的青春和年轻的爱恋，是所有值得留恋却再也回不去的岁月。

她没忍住，掉下了第一滴眼泪，接着便一发不可收地痛哭起来。

此刻朴风看着她颤抖的背影，知道她是在哭泣，是病情确诊以来最大声的哭泣，朴风想走过去从后面抱住她、安慰她，可却猛地看到轮椅上滴答滴答落下的淡黄色液体。

朴风先是愣了一下，接着全都明白了，玛西娅的时间已经不多了。他突然觉得胸口闷得厉害，大口的气都喘不过来，他僵硬地走到仓库的转角处，靠在墙壁上，缓缓地滑坐在地上，捂着嘴巴，不敢发出任何声音，眼泪就噼里啪啦地落了下来。

日光照过来，散发着如常的暖意，在明暗的分割里，两个人都在哭泣，可谁都帮不了谁。

夜晚，酒吧嘈杂，失意的人们不想找一个安静的地方买醉，喧嚣中的烟雾，烟雾中的喧嚣，都是障眼法，欲盖弥彰，失魂落魄。

朴风已经喝得很多了，迷离的双眼在昏暗的缭绕里，更看不清周遭的一切。他感觉到一阵晕眩，随之而来的是恶心。他踉跄着走向洗手间，却在半路上撞到了一张桌子，桌子上的酒洒了，几个看起来脾气就不好的男人霍地站起身，其中一个推了朴风一把说："你眼瞎了？"朴风被推得摇晃，还没有倒，冲几个人嘻嘻一笑，说不出来话。但在对方眼里这已经是讥讽，便一个拳头挥了过来，酒精麻醉，朴风倒是没感觉到疼，只是一股力道在脸颊上发散。

朴风倒在了地上，几个人还想继续揍他，他却躺在地上呕吐了起来，一颤一颤地弓着身子。几个人看了恶心，不想脏了拳头，就改用脚踢。两个服务生跑过来，怕事情闹大了，奋力地拉架。几个男人也泄够了愤，骂骂咧咧地坐回座位，却又似因打架这件事找回了年轻，有了干一杯的由头。

朴风被两个服务生架起，拖出了酒吧，却也没被随便扔在街头，而是给他找了处台阶放下才回去。朴风坐在台阶上，因刚吐过清醒了许多，也感觉到了脸颊的疼痛，用手摸了摸，嘴里好像还出了血。他把血吐在地上，又觉得肚子好像也痛，低头看衣服上面有几个脚印，他不在乎地拍了拍，起身朝前面走去。

朴风摇摇晃晃，行人们看着这样一个喝醉的人，在闪躲的同时，满目鄙夷。可在朴风眼里，这街道上的霓虹灯都因这晃动而拉长了身影，勾勒出一幅抽象的斑斓，如同坠入另一个空间里，缺失了现实的基调。

这夜晚绚丽又孤独，人生的千疮都堆积在此刻，漏洞百出。亡羊补牢，从来都是来不及。

朴风这么走着走着，便来到了那家酒吧，他在酒吧门前驻足了片刻，认清楚后才走进去。酒吧里没有客人，只有那个面容精致的服务员站在吧台里，用苍老的声音对他说着欢迎光临。

朴风坐在吧台前，服务员问他要喝什么？朴风却一把揪住了他的衣领，恶狠狠地问：“你们到底是干什么的？”

服务员波澜不惊，轻轻一掰朴风的手，便抽离了出去，又退后一些，面无表情地看着朴风，并不说话，也不恼怒。

朴风被他的平静慑住，稍微坐直了身子，冷静了一些，“你能给我一杯水吗？”

服务员拿了一杯水给他，朴风接过杯子后大口把水喝干，握着杯子看了看，猛地把杯子砸向了酒柜。但是杯子却在运行的轨道中停住了，还剩下的几滴水也飘浮在了半空中，朴风用力的表情也凝固了。服务员伸出手，把杯子拿下来，收起来，接着一切事物又活了过来，几滴水落在吧台上，朴风用力的表情迅速转变为惊讶，他呆在那里，晃了晃脑袋，目光里都是不可置信。

“你再闹的话，可没有什么好下场。”服务员开口说道，那苍老的声音里有了恼怒。

朴风像是被这声音驯服，也像是被刚才的一幕所震住，所有的醉意和愤怒都挥发了，生出面对强权的敬畏，他猛地像个孩子似的趴在吧台上哭了起来。“我不知道你们是做什么的，我也管不着你们是做什么的，但求你帮帮我吧，求你了。”

“你这回想要快进几年？”服务员把桌上的几滴水用纸巾抹掉了。

“我不想快进了，再也不想快进了，你能让时间倒回吗？”朴风抬起头，满是乞怜地看着服务员。

服务员眼里闪过一丝同情，盯着朴风看了片刻，把纸巾丢进垃圾桶，坚定地摇了摇头。

“那你能让时间过得慢一点吗？慢一点，再慢一点，我求你了，我求求你了，让时间过得慢一点吧。我后悔了，我不该懦弱的，我不该回避困难的，我不该走捷径的，我不该来你这儿喝酒的，我把所有日子都快进过去了，我好后悔啊！我不想失去玛西娅，没有她我不知道该怎么办，我离不开她，我舍不得她，我求你了，救救她吧！”朴风抓住服务员的衣袖，眼泪流了一脸。

服务员默默抽开胳膊，倒了一杯酒递给他。朴风抹了把眼泪，很欣喜地接过来，“这个喝了时间就会慢一点吗？玛西娅就能好了吗？”

服务员摇了摇头，“它不会让时间慢一点，也不会让玛西娅变好，但会让你清醒一点，没那么难受。”

“我不想清醒，我也不想好受，我不该来这儿的，从一开始就不该来你这里，都是那个冷一害的我，都怪他！”朴风握着那杯酒，用力到就要把杯子捏碎。

“你怪不得别人，都是你自己的选择。你这样的人我见过太多了，先是欣喜，接着难受，最后后悔。”服务员顿了顿，接着道，“可是就算见得再多也没有办法啊，每个人都只能管理自己的时间，管不了别人的。但就算是你自己的时间，你也不可能把它停下来，钟表可以，但人生不能。”服务员面无表情。

朴风盯着服务员的眼睛，用力地往里面看，想要看到些玄机，可看到的都是无药可救。他收回目光，喃喃地道：“我知道了，我全都知道了。”朴风从椅子上下来，绝望地往外面走，一副失魂落魄的样子。

“不过……”服务员在身后说道，似因他那背影起了同情。

朴风回过头，看着服务员，心生希望。

“你虽然不能管理别人的时间，但你倒是可以把时间让给别人。”服务员这回脸上带着种温柔且晴朗的笑，那笑容是一种诱惑。

“让给别人？怎么让？”朴风似乎捕获到了一线生机。

“坐在这里就可以了。”服务员指了指椅子。

“这么简单吗？”朴风不可置信。

“但不能离开。”服务员示意朴风入座。

朴风苦笑着摇了摇头，恢复了礼貌，“谢谢，可我不能待在这里，我想要陪在玛西娅身边。”

服务员耸了耸肩膀，意思是那我没法帮你了，“再见。”他也礼貌地说道。

朴风推门出去，一股初夏夜的清风席卷了过来，他头也不回地讥笑着道："再也不会见面了。"

服务员看着朴风的身影消失在门前，笑容仍旧挂在脸上，像是一个老者对人事的了然于心，目光里都是怜悯。

他知道朴风还会再回来。

13

熹微的晨光若无其事地照进窗户，不管昨夜的人类又经历了怎样的艰难，它都会准时地、满怀慈悲地到来。

朴风在这晨光中缓缓地睁开了眼睛，昨夜的酒醉已经随着睡眠散去，但残留的酒精还是让他有些难受。他保持着侧躺的姿势，并没有起床，又把眼睛闭上，随即听到轮椅转动的声音，便又猛地睁开，玛西娅已在床边看着他。

“醒啦，昨天喝多了？”玛西娅明知故问。

朴风怕她生气，急忙坐了起来，“对不起……”

“为什么要说对不起？”玛西娅满脸的疑惑。

被玛西娅这么一问，朴风也不知道该怎么回答了，露出个一言难尽的表情。

“我知道你心里难受。”玛西娅突然目露凶狠，“这个杜克真是太可恶了！”玛西娅把那本他昨天撕了一半的书扔在了床上，然后狠狠地捶了一下轮椅扶手。朴风这才明白过来，她也知道了杜克的事情，在为自己担心。但她不知道的是，自己昨晚喝醉，都是因为她。

朴风的心被刺了一下，猛地柔软，他挪了挪身子，靠过去把玛西娅搂在怀里，说："没事的，没事的，都怪我没看合同，可是事情已经这样了，就让它过去吧。"

玛西娅摇着头说："那可不行，我们一定要告他，把你的书夺回来，不能让坏人得逞！就算打不赢官司，也要打他一顿！"

朴风闻着玛西娅的发香，听着这话，一瞬间觉得曾经那个大大咧咧不服输的玛西娅又回来了。他突然就被一阵久违的幸福感所包围，生命从长远来看是虚无的，没有意义的，但某时某刻的那些确切的小幸福却是真实的，毋庸置疑的。

朴风露出了笑容，说："好的好的，我绝不会放过他。"

玛西娅在朴风怀里点了点头，然后猛地想起了什么，抬起头说："老板娘一早打电话过来，说她今天就要走了。"

朴风一愣，"怎么这么突然？"

玛西娅摇了摇头，"可能是早就定好了日期，没和我们说吧。"

朴风急忙起身穿衣服，"那我们得去送送她。"

看着朴风焦急慌乱的样子，玛西娅说："你别急，她说了要和我们一起吃午饭。"

听到这话，朴风的动作慢了下来，脑子里闪过第一次见到老板娘时的场景——下着大雨，旅馆的门打开了，老板娘探出头，冲着朴风大吼："你傻啊！这么大的雨还站在外面，还不快进来！"

朴风的心里突然就有些不是滋味，那一年的雨，似乎又落回了身上。

朴风和玛西娅带着孩子来到老板娘的旅馆时，老板娘的东西都已经收拾好了，并没有很多，只有两个行李箱，其他的物品都原封不动地留在了旅馆里。

老板娘看着两个行李箱，无奈地说："我收拾东西的时候才明白，人生走到我这里，该做减法了，很多东西都没用了。"她有些怅然地看了一圈屋子，"我女儿说会找个人来继续打理这里，那我就不管了，也图个省心。"她自顾自说着，唯恐其他人提出什么疑问似的，然后转着轮椅到了餐桌边，"都过来吧，咱们吃饭。"

朴风推着玛西娅走了过去，丧葬品店老板最后一个落座，几个人互相看着，竟没有一句言语，仿佛说什么都不对。空气安静了几秒钟，老板娘拍手让朴风的孩子过来，她把孩子抱在怀中，孩子伸手抓桌上的菜，老板娘给他拿了一块，说又重了，又长高了。

这平实的场景，倒是解冻了一些沉默，也把气氛从凝重中缓了过来。朴风开口问老板娘，"要去的地方远吗？"老板娘点了点头，但也没说具体地方。朴风说再远也没关系，我们会去看你的。老板娘又点了点头，说我也会抽空回来看你们的。大家就都放心地笑了，只要不是诀别，再漫长的分别都能从中找到安慰。

"就是搬个家嘛，其实也没什么的。"老板娘又试图把这件事描述得轻松一点，“我这辈子啊，除了我女儿，也没再亏欠过谁了，所以无论做什么决定，也都没什么牵绊了。”她说着却看向了一直不言语的丧葬品店老板，然后伸过手去握住了老板的手，说：“除了你。”

“你不用担心我，我没事的。”老板回握了握她的手。

老板娘看着朴风和玛西娅，说：“我知道你们都会疑惑，我们为什么不一起走，或者我为什么非要走。可人生哪有那么多圆满的事情啊，想得到一件东西，得到了，又想要更多，想要一个人清净，又想要和在乎的人永远不分离，太贪心了。”

老板娘给自己倒了一杯酒，很苦闷地喝了。

老板也默默地喝了一口，说：“你别说了，我知道你心里苦。”

老板娘摇了摇头，说：“不苦，一点儿都不苦，我这些年的时间都是偷来的，我要去还债了，我终于不用煎熬了。”

老板娘的话让朴风和玛西娅都摸不着头脑，只能揣测她是难过，是醉了，这么长的人生三两句话怎么也都说不清的，他们也只能举起酒杯，陪着老板娘喝一点，再劝她少喝一点。

老板娘说着没事没事，酒越喝到最后，眼里就越多眷恋。她叮嘱朴风要照顾好玛西娅和孩子，有空要常来看看老板，接着又握住玛西娅的手，张了张嘴，话没出口，眼泪却先落了下来。玛西娅握紧了她的手，点着头，也红了眼眶，两个人就再也没说什么，四只手握在一起，握了又握。

那午后燥热的风在门外打着转，几个人围着一张桌子，面对的全都是各自的心事，心中虽然充盈着离别还会再相见的侥幸，但却不知这已是最后的相聚，往后的日子虽然各有长短，可终究不会再如此围坐在一起了。

一桌子的菜，都凉了。

老板娘女儿的车子是黄昏时停在门前的，她并没有打算留宿，而是直接要离开，不知谁会这么喜欢在夜里赶路，风雨兼程也总好过长夜漫漫。

女儿并没有下车，也没有和众人打招呼，玛西娅试着冲她笑了笑，她也没有回应，明摆着不想与这些人产生瓜葛，一个表情都不行。

朴风帮着老板娘把两个行李箱和轮椅放进后备箱，通过摇下的车窗看到了戴着墨镜的女儿，脸上的皱纹甚至比老板娘的还要多。她大口地吸着烟，脸上的不耐烦不知道是对人还是对燥热的天气。丧葬品店老板把老板娘抱进了后座，老板娘带着些醉意，在敞着的车门边和大家一一拥抱告别，她此时眼里已没有了伤感，或许酒精让她暂时放弃了忧愁。

车子开走，她仍旧回头不断地冲着大家挥手，像是去春游的孩子，三两天就会回来。玛西娅看着车子远去，还是没忍住掉下了眼泪，那车子一路消失在视线里，像风筝般，被大风拉断了线。

朴风也被风迷住了眼睛，用手揉了揉，视线里就多了丧葬品店老板落寞的身影，他摇摇晃晃地走回自己的店铺，门前的纸人被风吹倒了，他俯身扶起来，走进了屋子。

朴风耳边又响起了当年那冲天的唢呐声，每一声都是悲凉，但他似乎好几年都没再听到了。

玛西娅拽了拽愣住的朴风，“你去看看他吧，挺让人担心的。”

朴风说：“他现在可能一个人静静会更好。”

“你就去看看嘛，他要是想一个人待着你再出来嘛。”玛西娅催促朴风。

“那你在这等一会儿。”朴风说着往前面走去，玛西娅转着轮椅和孩子一起躲在屋檐下的一处阴影里乘凉。

朴风小心翼翼地推开丧葬品店的门，看到老板在坐着扎纸人，看起来像是若无其事，可手根本没有在动，明显是在发呆。他听到声响，看向门前，有些意外，“你怎么还没回家？”

朴风不回答，拉了把椅子坐下，端详着老板，试探地问道：“你还好吗？”

“有什么不好的，早就有心理准备了。”老板苦笑了一下，“我这个年纪，什么都经历过了，你不用为我担心。”

“老板娘到底为什么不带你一起走啊？真的是她女儿不同意？”朴风一直疑惑。

老板点了点头，然后又摇了摇头，“她提都没提，几次都绕着弯子在说这事，我也就知道她有苦衷，想着，都一把年纪了，就别互相为难了。”

“哦。”朴风心里有了个模棱两可的答案，没有再继续追问。

“其实，我自己也不想走，所以她不提，也正好。”老板接着说道。

朴风眉毛一抬，又新生困惑，“为什么？”

老板欲开口，但又转了个心思，咂吧了几下嘴，没说。“算了，我也不想说了。”老板摆了摆手。

“她知道吗？”朴风好奇。

“应该能猜到吧，但她也不深究，只当是自己要离开，如果非要分清对错，她也觉得错在她。”老板停顿了一下，“人和人相处时间再久，也不会完全坦诚相对，你对玛西娅一定也有不想说的事情吧。”老板反问道。

朴风被问住了，当然有，去那个酒吧喝酒就是最大的事情，他从不和任何人提起。

看到朴风愣住，老板带着很了然的眼神点了点头，“所以，都不强求，很多事都是这样。”

“可是，就这么结束了，不遗憾吗？”朴风想知道。

“什么样的结束是不遗憾的？”老板眯着眼睛看着朴风。

朴风竟回答不上来。“至少……至少应该认真告别一下吧，你们刚才连句再见都没说。”朴风顿了好久才说出这一句来。

“你怎么知道我们没说再见呢？再见有很多方式，不是只有口头表达这一种。”老板点了支烟，朴风也要了一支，烟雾缭绕间，他不明白地看着老板。

“我们上个星期去自驾游了，在南部转了一大圈。那几天真是好日子，没有什么生活的烦恼，也没有争吵，遇到的都是陌生人，说得全都是开心的事情。我们心里都知道没什么未来可以畅想，但也都不去提往事，就真的只为此刻而活着，一辈子都没有过过这样的好日子。”老板说着，头往后靠，像是陷入了回忆之中，然后又侧过头来看着朴风，“这样的日子，就是用来支撑以后艰难的时刻的，人都是靠回忆或是幻想才支撑着活下去的。”老板停顿了一下，“或许我这个年龄的人是这样的。”他笑了笑。

朴风听明白了，“这就算是告别旅行吧。”

老板点了点头，“是她一直想去的地方，我就带她去了，也算了却了一个心愿。我能为她做的一直都不多，所以有这么一两件，也就没什么可难过的了。再往大了说，人生其实没什么真正的大事，只有经历过的和没经历过的。”

朴风重重地吸了口烟，没有说话，很多事情他只能想透个大概，人生这个命题对他来说，揭开谜底的时刻似乎还为时尚早。

“快回去吧，多陪陪玛西娅，我这个老头子自己能照顾好自己的。”老板催促朴风离开。

朴风站起身说：“好的，那我先走了，你有什么事情需要帮忙就联系我。”说完便起身往外走。

“等下。”老板在背后叫住他。朴风回过头看着老板，老板笑了笑，“不是说告别要认真一点吗？”老板说着伸出双手，朴风走过来，两个人拥抱了一下，老板在朴风的后背上轻轻拍了两下，朴风竟有种说不出的难受。

或许，人生的一切最终都会奔向糟粕，人们却想不起来这糟粕的起点在哪一刻。可能上天早就给了暗示，人们却都以为那只是山雨到来前一朵不明亮的云。

朴风走到屋檐下，看着玛西娅抱着孩子，抬头看着天上一朵朵忽明忽暗的云，似二十岁出头年轻女孩的清澈好奇。那些浮云游走啊游走，好多年就过去了，只留下好多亏欠。

在距离玛西娅还有两三步的时候，朴风就暗自下了决定，要带玛西娅去旅行，去看多年前她提到过的，那片永远是秋天的湖畔森林。这些年，日子过得兵荒马乱，仙后座始终在头顶闪烁，可斗转星移间，竟然差一点就把这件事给忘了。

在回家的路上，朴风把去旅行的事情说给玛西娅听，但只是说去旅行，并没有告知明确的目的地。玛西娅听了后眼中有光，可这光也只是一闪而过。“算了，我现在这个样子，去旅行太麻烦了。”

“不，一点都不麻烦，要去，一定要去，我好想去。”朴风像个孩子，语气里全都是执拗。玛西娅也就知道他是下了决心，也知道这决心是给她下的，只为了她能同意，可又不能说白了，只能假装全都是为了他自己。

看透这一圈的逻辑后，玛西娅也就没有拒绝的理由了，她说：“好的，好的。”其他别的也都不多说，连目的地也不问，说多了都是给朴风添麻烦。她扭过头去看车窗外，红了眼眶，就连这也不想让他看到。

以前是能多做一件事就多做一件，全都是为了他好。现在是能少做一件事就少做一件，也是为了他好。

当晚，朴风就做了旅行的规划，当他说出目的地是南方的湖畔森林时，玛西娅愣了一下。当年刚谈恋爱时，两人躺在球场的草地上，蚊子咬了一腿的包，玛西娅提过南方那片湖畔森林，一年几乎全都是秋季，没有蚊子。朴风当时就说等以后要带玛西娅去那里看看，这一等就等了好多年。

“你还记得那里啊？”玛西娅这话里没有任何埋怨，而是时过境迁的惊喜，当时只是随便说说，以为都忘记了，没想到隔了这些年又想起来了。

“我们早就该去的，一辆车子，十几个小时就到了。”朴风说着，又陷入懊悔里，“怎么就一直没去呢？以前怎么就那么忙呢？”他怪着时间也怪着自己，或许每个人的生活都匆匆忙忙，他的却最离谱。

“都一样的，什么时候去都一样的。”玛西娅安慰朴风，却也知道这只是安慰，怎么会一样呢？第一次去就是最后一次了，再好再坏都只能这样了。

朴风知道玛西娅在安慰他，也只能接受了这安慰，两个都替对方着想的人，反而互相疲累。他把玛西娅揽入怀中，说着明早先打包行李，然后租一辆车回来，接着把孩子送去临时的托儿所，老板娘走了真麻烦，都没人给看孩子了，孩子一定不能带去的……这是属于他俩的旅行，要一路平坦不颠簸，一路都是喜欢的音乐……

朴风说着说着玛西娅就睡着了，嘴角还露着笑容，应该是梦里看到了湖光山色，繁星浩瀚。朴风轻轻地把胳膊抽出来，走到门外，点了一根烟，此刻的夜早已静下来，万家灯火都灭了，他却怎么都睡不着了。

他蹲在门前，一根烟刚抽了两口，就听到附近有抽泣的声音，他先是被惊了一下，接着循着声音慢慢挪过去，看到是邻居老太太家的门前，有个中年男人在哭泣，一边哭还在一边打电话。男人断断续续地道："来不及了，太晚了，没见到最后一面……嗯，嗯，我知道。我本来也没觉得多难受，可是刚才我饿了，打开冰箱，看到里面有几百个蛋挞，很多都坏掉了，好像放了很多年……你知道的，我小时候最喜欢吃蛋挞了……"

男人说到这又哽咽了，朴风慢慢地退了回来，心里更加堵得慌，昨天那辆救护车，把老太太永远地带走了，也把这多年未见的儿子带了回来，他们就这样擦肩而过，把这辈子都错过了。

那晚朴风还是睡了一会儿的，在黎明快到来前。他想到接下来还要开长久的车，便翻出一片安眠药，可又怕睡得太久，就掰开只吃了半片，但也没睡踏实，半梦半醒地睡去，又恍恍惚惚地醒来。已经是清晨，窗外的天气很好，是最普通的宁静，他看玛西娅还在睡着，就轻轻推了推她。玛西娅睡得沉，没反应，他就又推了推，轻唤了两声，玛西娅还是没反应，朴风的心猛地一沉，做了最坏的打算，颤抖着伸手去试玛西娅的鼻息，还有微弱的感受，他的心稍微定了一点，但也只是一点，更大的慌乱已经袭来，他抱着已经不省人事的玛西娅，冲去了医院。

医院里永远保持着一种肃穆的沉静，特别是重症监护室，那厚重的门里门外，都是命运的挣扎。

在走廊的另一端，朴风期待又焦急地看着医生，医生冲朴风艰难地点了点头："是的，她的时间不多了。"

朴风一下子就语无伦次了："那还有多久？她不能现在就走，我还没有带她去旅行呢，她一直想看湖畔森林，我答应她的，她等了这么久……怪我，都怪我，我早该带她去的……"

医生听明白了个大概，他这回无奈地摇了摇头，"她现在离不开重症监护室了。"医生说完可能觉得残忍又补充了一句，"如果她一直待在里面，或许还能多点时间。"

医生拍了拍朴风的肩膀，这样的家属见得太多了，这下意识的动作，已经是他能给的最多安慰了。

朴风看着医生离开的背影，希望也跟着一起飘走了，剩下的只有愤怒和懊恼，他狠狠地砸了墙面两拳，这愤怒和懊恼就散了，身体的力气也散了。他突然浑身发抖，颤颤巍巍地坐在了地上。

走廊静谧，阳光下灰尘飘浮，都是死亡的意象。

忘记过了多久，朴风才回过神来，猛地想起孩子还一个人留在家里，他给丧葬品店的老板打电话，可是一直没人接。他急忙冲出医院，拦了辆车子往家赶，一路上脑子里就开始闪现各种坏的可能，与此同时也在想着自己为何会把孩子忘记，忘记得彻头彻尾。这只能说明他爱玛西娅比爱孩子更多一些，这其中的缘由都可以怪到那些快进的时间里——他没有和孩子培养下浓厚的情感，有些东西，其实光靠血缘是维系不了的。

朴风到家时屋子里静谧无声，他有些胆怯地往孩子的卧室走去，想着按理说孩子是应该哭的，可为什么一点声音都没有？他有种要失去两个亲人的预感，但推开孩子房门的时候，看到里面竟是空的。他挨个房间找了一圈，越找越觉得奇怪，心底越凉。

这时他猛地听到“爸爸”两个字，是非常稚嫩生疏的声音。他跑出卧室，看到昨晚在邻居家门前哭泣的男人抱着孩子，男人说他听到孩子哭，看门没锁，就进来把孩子抱出去了。

朴风简明解释了一下把孩子一个人留下的原因，男人同情地看着朴风，一个眼神里就是千言万语了。朴风也想和男人说一句节哀，可这话在嘴边转了一圈，说出来只剩下了谢谢。男人却说，我该谢谢你才对，谢谢你照顾过我妈妈，她在电话里和我说过。

朴风想着和老太太不多的相处细节，也懒得去解释老太太说的或许是自己的父亲。但最终，他那句节哀还是说了出来。男人苦笑了一下，像医生那样拍了拍朴风的肩膀，却说了句："别留遗憾。"

朴风愣愣地看着男人离开，孩子又回到了他的怀抱。孩子还小，不明白发生了什么，也不记仇，还搂着他又叫了声"爸爸"。他听着猛地就很难受，可也不知道该如何和一个小孩子表达这种难受和愧疚，只得说："饿了吧？爸爸带你去吃东西，然后一起去看妈妈，妈妈住院了。"

孩子也不知道听不听得懂，只是一个劲地拍手。

朴风带着孩子在外面吃了点东西，天就黑了下来，他往医院赶的时候，路过了那间酒吧，霓虹灯闪烁，仍旧是一副不知人间忧愁的样子。朴风猛地一股怒火涌上来，可想到上次被服务生震慑住的场景，又有些怕了，于是他叫司机停车，下车在路边捡了块石头，砸向酒吧的玻璃窗。

玻璃窗应声碎了，朴风跳上车子逃跑，有了一丝报复的快感，可他没有看到的是，在他离去后，那玻璃窗掉落的碎片又迅速地回位，玻璃窗完好无损，和什么都没发生过一样。

到了医院，等着朴风的却是一份病危通知书，玛西娅又被推进了抢救室。朴风拉住医生，问他之前不是说，住在重症监护室里就会多挺一段时间吗？医生说这种重症病人，情况都是突变的。医生说完又被护士呼唤，疾步离开了。

朴风抱着孩子待在原地，头顶的白炽灯仍旧泛着惨白的光，孩子受不了这份凄惨，号哭起来。朴风无心安抚，只是一个劲地想着玛西娅要挺过来，一定要挺过来。怎么办？他不知道该怎么办？没有了玛西娅，自己的余生无论长短都将漫长，他想把这无用的时间分给玛西娅一些……

他突然想到，那家酒吧似乎就可以完成这种输送。他要的时间不多，也不敢祈求太多，一次旅行就够了，这是玛西娅最初也是最后的愿望。每个人一生中的愿望肯定很多，可最后一个怎么也要想办法去实现。

孩子还在哭，朴风把目光落在孩子那稚嫩的脸上，不经世事，一点时间的划痕都没有，他还有更大把的时间。

朴风抱着孩子冲出医院，冲进酒吧，刚才砸碎玻璃窗的怒火，此刻统统转变成忐忑的祈求。他把孩子放在吧台上，也无须前言后语地铺垫，直截了当地对服务员说，七天，我只要七天时间，让玛西娅再活七天吧。

服务员微笑着，笑中带着怜悯地盯着朴风，点了点头。

朴风感激涕零，摸了摸孩子的头，又深深地冲服务员鞠了一躬，冲出了酒吧。

服务员看着朴风冲了出去，转头看向哭泣的孩子。那孩子接触到他目光的刹那，哭声竟停止了，忽闪忽闪着眼睛看着他，像是惊吓，也像是好奇。

他转身调了杯饮品给孩子，那五颜六色的液体不像是酒，上升的气泡对孩子全都是诱惑。孩子渴了，抓着杯子猛地喝了下去，一喝下去好像时间的重量突然间让他长大了。他眨了眨眼睛，困意袭来，眼皮渐渐无力支撑，缓慢地阖上了。

14

有双眼睛睁开了，缓缓地，如同蝴蝶落在树叶上，轻轻收起翅膀，人世就格外漫长。

玛西娅终于醒了过来，一脸疲惫，像是刚经历过一场艰难的战役。朴风守在她身边，双眼通红，不知是哭的还是太久没睡。玛西娅勉强地冲朴风笑了笑，虚弱地开口道："我以为再也见不到你了。"

朴风握住她的手，贴在自己的脸颊上，说："不会的，不会的，我们还没去旅行呢。"

"不要惦记这个了，就当我们去过了吧。"玛西娅感觉自己的状况非常不好，这一遭能醒来，已经是死里逃生。

"不，一定要去，我现在就带你去。"朴风知道，玛西娅还有时间。

"你什么时候能成熟点啊？别闹了。"玛西娅看着面前这个男人，宽厚地笑了。

"再陪我闹一回吧，我们现在就走。"朴风目光热忱，还有少年的执拗，"最后一回。"

玛西娅被这“最后一回”四个字打动了，身体里猛地有了一股力量，是啊，最后一回了，别让他留下遗憾。她到这时还在为朴风着想。

“可是我们怎么出去啊？”她四下观望，四面白墙，冰冷又森严，“医生不会允许我出去的。”

朴风看了一眼时钟，凌晨两点，是个好时机。他说：“我有办法。”起身跑了出去。

片刻，他推了辆轮椅回来了。他把玛西娅抱到上面，又为她披上衣服和棉被，戴上帽子，推着她，绕开医生，穿过走廊。

身后传来护士慌乱的步伐。“三号床的病人去哪了？”“快去找找！”“快去通知主任！”……

朴风推着玛西娅一路奔跑，他们不敢回头，却又忍不住偷笑，好似一场嬉闹的游戏，追赶他们的没有时间和命运，只是童年的玩伴，转个圈就能甩掉。

他们跑出医院，夜黑风高，世界辽阔，没人能阻拦他们。

租来的车子行驶在黎明的路上，朴风开着车，玛西娅坐在副驾驶上，还是放心不下孩子。朴风骗她说孩子在丧葬品店老板那边，有吃有喝，不哭不闹。玛西娅最后的一点牵挂终于撂下了，看着车子一路向南，东方鱼肚泛白，地平线遥远到虚无，她的精神又好了一点，连她自己都奇怪。

“我怎么感觉好像从别人那里偷来了一些时间。”她喃喃地道。

朴风没有搭话，握着方向盘的手更紧了一些，他知道这偷来的时间已经开始倒数了。上帝用了七天，把万物都造齐了，这七天就是玛西娅最后留在世界上的时间。七天，六天零二十三个小时，六天零十八个小时，有个无形的秒表在他心里记着时，已经开始倒数了。

嘀嗒，嘀嗒……

倒数第六天，他们到达湖畔森林，租下了湖边的一个小木屋，然后去旁边的镇子上采购食物。镇子依靠高山，山高入云，云端还存留着积雪。

镇子上人不多，但物资丰富，买的东西塞了半个后备厢，都是必需品，没有其他杂物。生活所需降到最低，人反倒纯粹快乐了些，可他们也没有时间去反思这些，以及这些年被欲望折腾出来的疲累，只是回到小木屋做了一顿可口的饭菜，然后又因疲惫，连碗筷都没清洗，就相拥入眠，一夜都是好眠。

倒数第五天，太阳迎着雾气从湖水边升起，朦朦胧胧，都是掩饰。森林中的清晨，空气甘甜得让人忍不住想伸懒腰。湖水上泛舟，涟漪一荡，山水之间，孑然清肃。玛西娅说过，这里永远是秋天，整个秋天就倒映在水面上，摇摇摆摆，不肯坠下。一地的落叶倒是铺陈出软弱的心思，朴风推着玛西娅漫步，很多的话又说不出口，怕打扰了这份清净，那忧愁就在心中荡漾。他想着，早点来多好；她却想着，终于来了，真好，于是脸上的笑意就被林间罅隙里透下来的光抚过，满是温柔。

倒数第四天，他们遇到了杜克，杜克领着一个女佣似的人，住到了湖边另一栋小木屋里。杜克现在举止优雅，言语骄傲，抱怨的都是新书上市后太受欢迎了，来这湖边避一避风头。就算做了再不道德的事情，旧情分还是在的，于是三人偶遇，难免尴尬。杜克看着玛西娅此刻的样子，也不免面露同情。

玛西娅不领这同情，轻轻唤朴风，朴风俯下身来，玛西娅在他耳边低语："揍他。"两个字满是铿锵。朴风嘴角有了笑意，起身伸出手来。杜克以为是握手，对这理解不了的善意惶恐地回应着，却没想到朴风一把拉住他的手，另一只手一拳就挥了过去。杜克挨了一拳，终于明白过来，却也不还手。朴风接着几拳打过去，杜克也只是躲挡，踉踉跄跄几步，掉进了湖水中，在女佣的拉拽下，好不容易才爬上来，浑身湿透地又说了几句道歉的话，尽量保持着优雅，带着女佣离开了。

杜克走了几步，又回过头来，掏出湿漉漉的钱夹，把里面的一沓钱塞给了朴风，那钱里有心虚也有同情。朴风不收，想把钱摔在他脸上，玛西娅却拉了拉他的衣摆，示意他收下。

待杜克和女佣走远，玛西娅道："他给你多少钱，都是你该拿的。"

朴风苦笑了一下："对，本来就是我的。"

玛西娅有些疲倦，伸了个懒腰："那本书看来写得还真好。"

"真是浪费了太多时间在它身上。"朴风看着远山和浓雾淡淡地说道，这话的重量只有他自己知道。

倒数第三天，下雨了，淅淅沥沥的，山林湖水，烟雨蒙蒙，朴风和玛西娅一整天都躲在屋子里，就着两杯热茶，聊过往。往事如云，看似厚实，到最后也只是轻飘飘地溜走，能记起的也都是那些回溯了好多遍的片段，不太常被提起的，就真的忘掉了，哪怕使劲想啊想的，也想不出个眉目来。

可往事也真美好啊，连坏事都美好，一团浓雾被拨开的清澈，一抹残阳留下的余热，万家灯火的窗子里，透出的那一团暖黄，知道是为自己亮着，也知道是有人在等，我在楼下抬头看，你在窗前往下看，隔着浩瀚的夜空，触不到彼此的目光，可心也安了。

就是这种心安，过去的就已经过去了，不会再改变了，未来是让人惶恐的，因着千万条不确定，活在过去里的人或许可悲，但没有未来的人也着实踏实。他们两个人就是如此，一个要继续往前走，一个马上就要停下脚步了，于是一个只是听，一个也只是说，说着说着，她感觉疲惫了，就靠在他的臂弯里睡一会儿。他也仍旧不言语，他怕，怕这过往想起的越多，这离别就越艰难。他天生不是坚强的人，越强装越是脆弱，没有韧性，一击即碎，星落云散。

他更懊悔那些被他快进掉的人生，潦草至极，人总要在最后才明白，人生中哪些是可以挥霍的，哪些经不起丝毫的浪费。

窗外的雨仍旧下着，雨水落在窗前，落在屋顶，落在山野间，声响细微，密集如豆，这怀中人的温度，这拥抱的弧度，都将失去了，他会在未来某个时间里，怀念这一切，他非常的确定，也因这确定心如刀割。

倒数第二天，雨停了，白天湿气散尽，夜空浩瀚清澈，朴风和玛西娅躺在草地上，时光仿佛回到了当年的球场上，那时的星空和现在没什么两样，人间却已过了多年。

两人都知道这是最后的夜晚了，明天还有漫长的路要赶，玛西娅轻握朴风的手，问他。

“你会想我吗？”

“不会。”

“你会爱上别人吗？”

“会。”

玛西娅就笑了，“那我就放心了。”

朴风却撑不下去了，“我离不开你。”

玛西娅说：“所以是我离开了你啊。”

朴风说：“那我和你一起离开。”

玛西娅问他：“你知道宇宙大爆炸吗？”

朴风说：“知道。”

玛西娅说：“我妈妈去世时和我说过，我们都是宇宙大爆炸后产生的物质，等我们死了，这些物质就又归还给宇宙了。虽然宇宙现在仍旧在膨胀，但终有一天它会开始慢慢地收缩，再收缩，回到它最初爆炸前的样子，那时我们就会再次相遇了。所以，你不要害怕，也不要嫌漫长，我会一直在那里等着你。”

朴风再也忍不住了，侧身蜷缩在玛西娅身边，痛哭起来，握着玛西娅的那只手，越握越紧。玛西娅被握痛了，也不吭声，眼泪就贴着脸颊落在草地上。

“我也离不开你啊。”

这话她最终还是没说出来。她想，他已经够难过了。

倒数第一天，两人驱车往回走，道路仍旧漫长，玛西娅坐在副驾驶上，已经非常虚弱，她看着前方的漫漫长路，轻声问朴风，“还有多远啊？”

朴风说：“还有很远呢，你睡一会儿吧。”

玛西娅说：“怎么还有那么远啊？可我只能陪你到这儿了。”

玛西娅说完，就缓慢地闭上了眼睛，视线里最后的画面，就是那无尽的长路，通向远方，通向家的方向，通向未来。

朴风知道发生了什么，他不敢侧过头去看，只能盯着前方的道路，这道路越发模糊，他不敢转弯，也不敢停下。他抬起手臂，狠狠地咬着，发出沉痛的低吼，喉咙在呜咽。

天光昏沉，车子飞驰，他就这么失去了她。

15

埋葬了玛西娅，朴风站在墓碑前，只有他一个人，整个墓园的风在吹，他狠狠地吸着一根烟，人生离散，庄重又敷衍。他此刻又想起了好多关于玛西娅的事情，但也都不是详尽的记忆，那些片段在脑子里飞速划过，又都潦草地过去。他明白这潦草的意义，从此往后，玛西娅都只能活在记忆中了，所有身体的温度都消散，所有温柔的目光都消散，所有呢喃的语气都消散，这些记忆也终究会消散，他知道，他全都知道，他因这知道而沉默，而心如死灰。

若不是还有孩子的存在，他也就陪着玛西娅在此长眠了，虽然这决定玛西娅会否决，但玛西娅做不了主，世间哪有那么多天遂人愿的事，也包括他自己。他此刻，多想再抽几支烟，可已经黄昏了，夜色在不远处伺机而入，在城市的某个角落里，有家酒吧的门将打开，霓虹灯将亮起，那里保存着他人生所有绝望的懊悔，和最后一点零星的希望，他不得不转身前往。

夜幕初降，酒吧内仍旧空荡，朴风推门而入带进来的风，灌满了整个房间。服务员站在吧台里，冲朴风露出“你总算来了”的表情。“节哀。”他冷静地说道，这冷静里也带着一丝同情。他说的是玛西娅的事情，他什么都知道。

“孩子呢？”朴风不领这同情。服务员招手让朴风过去，在吧台里，朴风看到了趴在椅子上睡觉的小家伙。他伸手从后面去抱，孩子睡得沉，好不容易才抱起来，转过来，朴风却被吓到了，猛地松开了手，孩子滑落，服务员手疾眼快，接住了。

“这……这，这是谁？”朴风指着孩子，他在服务员怀里面朝着朴风，虽是小孩子的身躯，面容却是个六七十岁的老头儿。这不像个孩子，更像个熟睡的怪物。

“我知道你肯定一时不能接受。”服务员把孩子递给朴风，“但他就是你的孩子。”

朴风不敢接，也不敢相信，“他，他怎么变成了这样？”问完这话，他猛地有了答案，“不是说好七天吗？七天怎么会这样？”

“不是这样算的，时间和时间也是不一样的，我不和你说什么人与人时间成本不同的问题，这东西你也很难明白，我只告诉你，玛西娅从死神手里抢出来的七天，换到这孩子身上，就是几十年。”服务员说完还做了一个很无辜的表情，“我可一点手脚都没做哦，你说七天就是七天，你没来领走他我也很守约地停止了交换，不然你现在可能都听不到他的呼吸了。”

朴风听懂了，整个人就蒙了，身体摇摇晃晃的，像是要倒下，但是下一秒却挥出拳头去打服务员，服务员很轻巧地躲开了。朴风想起之前对服务员的进攻，也是徒劳无功的，这愤怒就多了几分羞耻，但他不能这么善罢甘休，他的愤怒需要发泄出来，便抓起一把椅子，扔向吧台里的酒柜。

一整排酒，应声碎裂，各色的液体飞溅。画面突然缓慢了下来，在这升格的镜头里，朴风又去砸所有的桌椅和玻璃，玻璃的碎片也在空中飘浮，和液体混合在一起，如同粉碎的霓虹，斑斓又斑斓。

服务员没有阻拦朴风，他面带宽厚地睥睨着这一切混乱，目光里流露着可悲，这可悲里没有丝毫的怜悯，他怜悯不过来，无能的人类最喜欢愤怒，这场面他见得多了。

朴风终于没有了力气，停下手来，蹲在一屋子的乱糟零碎中呜咽。服务员走过去，怀中还抱着孩子，他拍了拍朴风的肩膀，“别哭了，还有件事要办。”朴风抬起头，泪还在眼里，目光里是仇恨和询问。

“作为父亲，你虽然看起来不太合格，但你还能为他做件事，这孩子的时间也不多了，你要不要分给他一点？”服务员说完把孩子硬塞给朴风，孩子那满脸的皱纹，让朴风不忍再多看一眼。

“这本来是你的私事，我不该干预的，意见也不该给的，但是，和孩子相处这几天，我觉得他还挺可爱的……”服务员说着走到吧台边，找出一个没碎裂的杯子，调了一杯酒，“你还记不记得之前我和你说过，我见过你的父亲？”他晃着酒杯问朴风。

朴风死死盯着服务员，他记起来了，当时没有在意，现在想起来全是疑惑。

“我说的是你的亲生父亲，不是那个修车工。”服务员的眼神里，是对朴风过去的了如指掌。

“你怎么知道这些？”朴风诧异。

服务员的表情变换成一副我还知道更多的样子，“我也见过你的母亲，他们一起来过这儿。”

这话让朴风的汗毛竖立，“什么时候来的？哪一年？那时我多大？”

“他们死之前来过。”服务员故意慢吞吞地回答，而朴风却屏住呼吸不敢作声，关于母亲多年前死亡的谜题，有了呼之欲出的答案。

“他们来过之后，就死了？”朴风在确认。

“是自杀，但就算不自杀的话，他们也快死了。”服务员此时的表情难得有一丝悲悯，可也就一点点。

“你什么意思？”朴风的声音已经在颤抖。

“就是你想到的意思。”服务员轻易地就把朴风看破。朴风的眼里，一瞬间没了光，低下头不敢看服务员。

但服务员可能平时太无聊，此刻找到了些调剂，便还不想放过他，继续说道：“他们把时间都给了你，人老得不像样，所以才选择烧死自己的方式，不让人有所怀疑。”

“不可能，你说谎，我当时还年轻，我也没什么病，我不需要他们的时间，我现在都这么惨了，你别骗我了……”朴风起身要走，却摔了一个跟头。

“不能因为自己还年轻，也不能因为身体健康，就觉得自己会有无限的时间和漫长的人生。每个人的生命都是有定数的，只是你们不知道或者不肯承认罢了。”服务员伸手扶起朴风，朴风站稳了脚跟又甩开了服务员的手。

“你到底是谁？这间酒吧到底是怎么回事？”朴风转过头狠狠地盯着服务员，一字一顿地问，“你是人类吗？”

服务员饶有兴致：“这问题玄妙了，人类又是什么呢？那些神话里的物种，都具有人形和人的情感，他们算人类吗？”

“我不想和你探讨这些没用的东西！”朴风知道问不出答案，但也大概了解了。

服务员轻蔑地冷哼了一声，“真为你感到可惜啊，继承来的时间也都快被你挥霍光了。怎么办啊，这可能就是你的命运吧。”服务员叹了口气，走到吧台边，又端着酒杯走回朴风身边，“都是父母，都是为了孩子，你还要喝吗？”

朴风盯着那杯黑色的液体，似把一切光都吸了进去。

细小的气泡，从杯底向上翻滚，朴风仿佛能看到母亲去世的那片荒草坡，有人吟唱着古老的歌，而从未谋面的亲生父亲，多年浪荡在天涯，哪怕在母亲的口吻里，也从未有过惦念，也不知道他们的青春与爱情，是否也炽热或探讨过永远。

都不会知道了，多年前就已成定局了，当他们不知怀着何种心情共同做下那个决定后，一切就只剩下猜测。她害怕吗？他愿意吗？是谁找到了谁，又是谁说服了谁？她不曾提起的心要如何伪装成平静，他不曾抱过的孩子能否有真感情？

或者这只是一次藏于爱与奉献之下的壮烈殉情，只为共同逃离疲惫的生活而留下的善念，那血浓于水的古老传说也根本不值一提。会是这样吗？这样想着，会好受一点吗？

在笃定之前，一件渺小的事情突然在朴风心里冒出了头，在母亲离家前的某一天夜里，他在房间里写作，可是一个字都写不出来，他焦躁地把键盘敲得噼里啪啦响，然后猛地摔在了桌子上。

门被推开，母亲端着一杯牛奶放在桌前，桌前还有一盏昏黄的台灯，母亲用手轻轻地抚摩着他的背，说着："别急，别急，慢慢来。"

他抬起头迎上母亲的目光，那目光里是无限的怜爱与不舍。

那目光是不会错的，是在告别，那话语里也藏着玄机，"别急，慢慢来。"她说的不是此刻，而是人生。

只是他到现在才明白。

她是为了他死的，而那些本该属于母亲的好时光，都被他浪费掉了。朴风的眼泪落了下来，他懂得了一切，悔恨大于一切，他不想再回避了。

朴风把目光从酒上抽离出来，抬头看着服务员，"我喝完会死掉吗？”他已经不在乎了。

“不会，我都给你核算好了，喝完后，你和这孩子剩下的时间就一样了，他得到一些，你少了一些，你们会一起死的。”服务员把杯子又往朴风面前递了递。

朴风接了过去，他不知道喝下这杯酒后，余生还会有多长，但能陪在孩子身边，照顾到一起死去，自己能做的也只有这些了。他看了看苍老的孩子，混浊的目光里，还满是稚嫩，他的心又是一阵绞痛。作为一个父亲的使命与责任，他一直都是一塌糊涂，现在是他最后救赎的机会了，虽然只是一点点的救赎，但也只有这一点点了，他没有别的选择。

朴风一饮而尽，身体里的力气瞬间如同漏了气的太空服，嗖嗖地泄了出去，他能感受到自己骨骼在收缩，皮肤在干枯，他能感受到身体似乎轻盈了，这就是时间的重量吗？不是说所有的岁月都是饱经沧桑的沉重过往吗？怎么就这么轻飘飘地溜走了呢？

他看着吧台那碎成几片的玻璃里，反射出自己的样子，迅速地苍老下去，没有丝毫的犹豫，他的壮年，他的中年，都在一瞬间过去了，来不及体验，也来不及后悔，就如同以往每一次在这里喝下酒后一般。没来得及有更多的感悟，他就失去了意识。

再醒来，也不过只是一夜，这回时间分毫不差地与世界同步，只是朴风一夜苍老。怀里的孩子睁开眼睛，依旧不谙世事，喃喃地叫了声“爸爸”，声音老得让朴风不适应地想要掉眼泪，他以同样苍老的声音说着，“爸爸在呢，爸爸在呢，咱们回家。”

服务员把他们送出门外，满脸和善地挥着手，这次没有说再见。

朴风牵着孩子一走出去，天就亮了，三五步后，再回头看，酒吧也消失不见了。朴风愣了一下，想起第一次来酒吧时的场景，竟有了沧海桑田的味道。

初看春花柳绿，转眼万物隆冬，一辈子，真短啊。

朴风牵着孩子走在熙来攘往的街上，人们的脚步仍旧匆忙，忙着追逐，忙着生死，没有人顾及多看他们一眼。

他们来到丧葬品店门前，朴风想在那里找到最后一丝温暖，把胸中的苦痛说与老板听。老板能理解的，他从来都是能把生死看得最开的人，而那生死之外的事情也最该透悟。朴风不知道和孩子接下来的时间还有多少，是一年半载还是三年五年？只知道不会太多了，这是他们生命仅剩的光阴，他要小心地经营，可又觉得走投无路。

但丧葬品店却消失了，那个在他二十岁出头，郁郁不得志的日子里，每天清晨吵醒他的唢呐声也消失了，只剩下一间空房，上了锁，锈迹斑斑。朴风给老板打电话，只得到号码是空号的回应，他向周边的邻居打听，得到的回应也都是摇头。

朴风站在门前，愣了好久，最后也只能领着孩子又离开，始终找不出这突然消失的原因。

可能是突然降临的老年，让朴风的记忆越发的混乱，但这混乱也让他有所收获，他是在很多天后才恍然寻到了点形而上的开悟，或许丧葬品店，乃至老板这个人都是根本不存在的，他只是自己一种潜在的意识，来提醒他死亡并不是在生命的对立面，而是一直都在人们的身边，可人们总是去故意忽略它，或是接近它，熟悉它，却不警惕它。

如今，死亡已经真真切切地在靠近了，于是那象征性的意识，便消散了。他想到这里，又呵呵地笑了，原来人老了，会像酒喝多了般，脑子是不清醒的。

三周后，朴风接到了旅馆老板娘女儿的电话，老板娘去世了。她给了朴风一个地址，朴风带着孩子赶到时，人已经下葬了。老板娘的女儿看到朴风和孩子的样子，并没有多少惊讶，反而是很嗤之以鼻地笑了下。

“父母啊，都这样。”她这么说着，朴风也没有回答，但却嗅出了些老板娘这么多年亏欠的原因。她或许也像自己一般，在不懂轻重的年龄，偷过孩子的时间吧，所以她说要补偿女儿，这补偿是不是也同样是以归还时间的方式呢？他看着老板娘女儿那张苍老的脸，猛地就觉得这世间真可笑，爱的人、恨的人、心心念着的人、老死不相往来的人，都在相互抢夺着，相互伤害着。

朴风在老板娘的墓前放了一束花，老板娘的女儿在一旁焚烧些花圈，朴风瞥到其中最大、最精细的一个花圈，有着熟悉的手艺。

年轻人爱折千纸鹤，老年人会扎花圈，都是纸上的手艺活，都能代表爱情。丧葬品店的老板肯定来过。

这个推测在老板娘女儿那里得到了印证，他确实来过，在老板娘将死之前，在床边守了她一个晚上，紧握着老板娘的手，没有说半句话，直到他握着的手变得冰凉，再也暖不过来。

他是爱她的，能握着爱人的手死去，她是知足的。

而关于他当初为何不肯离开丧葬品店，朴风只能凭着作家的心思去编织，也许那是另一段爱情或者是复仇的故事，他的妻子和孩子，在他入狱期间被害，凶手一直逍遥法外，他出狱后摸清凶手的地址，就在那条街上，只是多年未归。于是他在那条街上，盘下一家店面，靠着手艺支撑起丧葬品店，十年如一日，他不知凶手的去向，只坚定他一定会归来，于是守在那里，不肯与人倾吐半分，也再不肯离开半步。

到如今，丧葬品店消失了，他应该是大仇已报，自己成了另一个逍遥法外的人，他如同古代的侠客般，隐匿了，从此世间浩大，无人可寻，也无家可归。

也可能，他突然懂了，不再纠结仇恨，终得释怀，找了一处心甘情愿的歇脚之处，躺在山谷和晨雾之中，偷度余生。

人世间的事，大概也都如此了，都有苦衷，都难启齿，到最后都会负几个人，也会偿几次愿，能留下的温情和悲凉，细数之下，消弭之间，了了。

如那冲天的唢呐声，时而代表着喜庆，也时而代表着悲怆，一个人一生的故事，在这几声之中，就全都概括了。

离开老板娘女儿的住处，朴风带着孩子又回到了原来的城市，在十字路口等红灯时，他看到了楼宇的巨大 LED 屏幕上，打着作家冷一新书的广告，他原来还活着。朴风还记得他第一次带自己走进酒吧时的情形，但是他现在也不恨他了，怪也只怪自己当初的鬼迷心窍。

他又抬头看那变换的广告，得知这是冷一的封笔之作，他可能也活不了多久了吧？浪费过自己的一些时间，可能也从别人那里偷走过一些时间，但终究还是要走向这么一个结局，挣脱不掉的。

朴风看到那新书的宣传语写着："生命中最重要的并不是那些高光的时刻，而是所有平凡入骨的日子。"

朴风笑了，原来他也懂了，经历过的人都懂了，也只有经历过的人才懂了。

绿灯亮了，他牵着孩子的手走过马路，在对面的糖果店里，给孩子买了一罐色彩鲜艳的糖。他此刻才慢慢学着如何去做一个父亲，不知道会不会太晚。

只会是太晚了，和所有后知后觉的事情一样，都晚了。

而孩子却并不明白，他虽然经历了这一切，可终究是懵懂的，这是他的幸运与不幸。他此刻盯着糖果罐，满眼好奇。

就和朴风第一次进入酒吧时，一模一样。

16

老朴风的故事讲完了，那个小老头儿——他的孩子，从远处跑了回来，手里捏着一只昆虫，放在他手里。他把昆虫放掉，把孩子揽入怀中，孩子就听话地依偎在他怀里，好奇地看着我。

我摸了摸口袋，里面有几颗糖果，我递给孩子，他刚要伸手接，老朴风却拦住了。

“他不能再吃糖了，牙都吃坏了。”老朴风笑了笑，笑中全都是可悲。我把糖收了回来，看了看老朴风，却也不知道该说什么好。

他好像是体谅到了我的尴尬，“不用同情我们，人一辈子做好自己的事情就很难了，用不着分出太多的时间和好情绪给别人。”他摩挲着双手，早春的风还有点凉。

“你的书还有在卖吗？署了别人名字的那本也行，我都想看看。”我很诚挚地询问，不知道这是不是也属于潜意识里，想要给予的安慰。

“算了，不要看了，这世间千百万种的故事，都差不多，都是讲人的，讲到最后，就剩那么几种，自己的一辈子里，都有了。”他的语气像是作为一个老作者对新人的叮嘱。我并不完全赞同，可也无法反驳，他可能只是单纯地不想让我看吧。

我也不强求，我已经听完了他大部分人生的故事。对一个人了解得越详细，对他作品的兴趣就越削弱，因总能在故事中读到真实的章节，那么整个故事就倒塌了，缺乏了“虚构”的魅力。

我伸了伸懒腰，一整个下午已经被耗掉，夕阳落在树木与草坪之间，春风在黄昏也越发柔情。我打了个哈欠，老朴风就知道自己该走了。

“抱歉，年轻人，和你说了这么多，没有打扰到你吧？”他有些忐忑地看着我。

“没有没有，当然没有，谢谢你……”我本想说谢谢你和我讲了这么漫长的一个故事，但一想到这是他的人生，就觉得把别人的人生当故事来听，或许太清醒残酷了。“谢谢你和我说了这么多。”我转成了这么一种模棱两可的说法。

“能听我说这么多的人不多了。”他犹在感叹，风吹进他的眼睛里，有混浊的泪要滚出，他用衣袖拭了拭，怀中的孩子也想伸手帮他擦。

“听了这么多，你没有什么想和我说的吗？”他转过头问道，看着我的眼神里，有期许。

我想了想，虽有厚实的东西压在胸口，却也说不出一个具体的句子。我尴尬地笑了笑。

他露出一副了然的神情，不能说没有失望。“你还想知道那个酒吧在哪吗？”他问我。

我点了点头。

他却只是站起身，用力拍了拍我的肩膀，没有再说话，拉起孩子的手，离开了。

这离开很缓慢，我盯着他们的背影，好久好久，才消失在远处那一片祥和的暮光里。

我一晃神，就觉得他们从来都没出现过。

我也起身该回家了，本子上仍旧没有记录下一个满意的长篇开端，老朴风的故事却充盈在心中，无法散去。

途经一家旅馆，我会禁不住地去思量，里面是否也住着一个风韵犹存、心中却满是伤痕的老板娘。路过一家丧葬品店，也会探头进去看看，是否坐着一个背负仇恨所以驻守一地的老板。路过一座球场，会幻想里面有一群姑娘在挥洒着汗水，其中的一个对于即将抵达的爱情还毫不知情。

每一个与我擦身而过的人，是否都藏着一个温润的往事，等待被人拾起。

这时我的电话响起，是之前投过稿子的编辑，他以一种恩赐的口吻对我说：“你的稿子通过了，会在下一个月刊登。”

这对此时的我来说，确实是一种恩赐，我也就没有闲心去顾及那让人不舒服的口吻，只是一味地说着："真的吗？真的吗？太好了！"

电话那头的他应该是习惯了这种兴奋，稍显厌烦地说："你想个笔名吧，你现在的名字没气质。"

我思考了片刻，"要不就叫朴风吧，我觉得这个名字挺好的。"

"朴风，朴风。"他重复了两下，就潦草地同意了。

挂了电话，有种隐隐的不安却突然降临。

我跑进一家书店，在书架间寻找署名朴风的书，无果。可能他出书也用了笔名，我再找那些书名，仍旧没有。我询问书店的店员，店员奇怪地看着我，"没听说过这些书啊。"他在电脑上搜寻了一下，又补充道："我查了一下，我们的系统里没有，网上也没有。"

我"哦哦"地应和着走出书店，已经愈加烦躁，心里有千万种猜测，却哪一种都不想承认，仍在努力说服自己。

我跑回家里，在门前遇到了父亲，他满脸兴奋地冲我道："我以后不开长途货车了，我刚接手了一家汽车维修店。你要不别写作了，来帮我的忙吧？"

我没有回答他，而是躲回房间里，连晚饭都没心思吃，就坐在电脑前，越想越焦躁不安。窗外的夜已经深沉，我想随便写点什么，来分散心中的恐惧，可却一个字都写不出来，只是把键盘敲得噼里啪啦响，然后猛地摔在了桌子上。

门被推开，母亲端着一杯牛奶放在桌前，桌前还有一盏昏黄的台灯。母亲用手轻轻地抚摩着我的背，说着："别急，别急，慢慢来。"

我抬起头迎上母亲的目光，那目光里是无限的怜爱与不舍，也藏着我一生的秘密。

我站起身，慢慢向后退。

往后人生，多多相见

——《快进人生》后记

新年第一天，我和备备一家去爬莫干山，由于突然的降温，山顶下了些雪，就不允许车辆上山了。于是我们花了两个多小时，步行到山顶，想着登高望远，给新的一年讨一个好的寓意。

可是下山的时候，由于道路结冰，备备的爸爸摔了一跤，手臂骨折了，我们急忙叫了救护车，备备陪着爸爸去了医院。我和备备妈妈以及大狗球球继续往下走，可才走了几分钟，球球突然惨叫几声，倒在了地上，后腿不停地抽搐。这个在南方长大的雪橇犬，受不了冰冷，加上走太多路，抽筋了。

我和备备妈妈不停地安抚它，帮它按摩腿，过了一会儿，终于不抽搐了，可也不敢再让它继续走了。这时刚好一辆车从身边经过，我们招手求司机把我们带下山，司机好心地同意了，说自己也养了狗，所以明白狗主人的心情，愿意让我们搭车。我询问司机他的车子怎么可以上山？司机说自己是莫干山的原住民，所以不受限制。

车子一路到了山下，和司机道过谢后，我们上了自己停在山下的车子，我把备备妈妈和球球送回酒店，然后又开车去县城的医院找备备。

酒店到医院有十几公里的路程，途经一条两侧满是梧桐的公路。冬日午后的阳光，透过光秃的枝丫落在路上，也透过车窗落在我的身上，竟避开了寒冷的空气，让目光和身上都有了些暖意。

我在那暖洋洋的氛围里，走了一会的神，再回过神来时，车子已经开到了一处高架下面，前方满是拥堵的车辆。我后知后觉已经开了这么远，也在那拥堵的时刻里，恍惚了一下，然后把那后知后觉拉到了一个可以俯瞰人生的高度，仿佛也只是走了个神，就到了现在这个阶段。

三十岁那年，我出版了一本散文集《海风电影院》，跑了很多个城市做活动，在活动上我总是会被问到三十岁的感受，我也总会讲自己在三十岁生日那天，如何在烟花中大哭了一场。青春的远去，岁月的留不住，即将老去的无奈，还有人生来不及的委屈，都在那泪水中被绚烂的烟花淹没了。

那时我是真实地恐惧，悲观，以至于对未来没有半点期待，总会觉得最美好的已经过去了，人生越往后走只会越糟粕。

然后我便遇见了备备，仿佛被命运推了一把，迅速和她谈起了恋爱。确立关系那天，我俩在两地，聊完天我起身走到阳台，看着窗外城市的灯火，心里莫名安稳了许多，就仿佛那些光里，终于有一道也属于我了。

之后人生的铺陈变得更快了，几个月后的某天，我在外地出差，备备给我发信息，说她可能怀孕了。我当时有些蒙，我虽然抱着以结婚为前提的态度谈恋爱，但没想到会这么突然，会出现这种意外。

于是在去机场的路上，我给母亲打了个电话，把事情和她讲了，说自己好像有点没准备好。母亲说人生哪有什么都准备好的啊，都是事来了就去面对，而不是万事俱备了再往前走。

夜晚的航班，机舱里的人大多数都睡去，而我守着头顶一盏小小的孤灯，看着窗外巨大的黑色与荒芜，关于加速而带来的失重感与恐惧，缓缓地蔓延开来。

深夜，我赶回备备身边，和她约好了明天一早去医院做检查，可当天半夜，她的例假就来了，乌龙一场，也分不清喜悲，但那剩下的夜晚我却辗转难眠，一直觉得很遥远，很未知的婚姻二字，突然就靠得自己这么近。

2020年春节前，我和备备在北京过一周年纪念，在一家满是绿植的西餐厅里吃饭，我喝了点酒，有些微醺。饭后天已经黑了下来，我俩在冬日的北京街头散步，这座城市我也待了六年了，熟悉又陌生，虽已习惯，但也经常想要逃离。

那天天气很冷，走着走着，我竟走出一丝惆怅来，莫名有了要和这座城市告别的预感。

等回到家里，屋子里暖烘烘的，窗子上铺了一层水汽，待到天明，我俩就要回各自的家过春节了，她回杭州，我回东北。不舍的情绪在屋子里蔓延，然后备备起身在窗子上画了个心的形状，我也来到窗前，想了想，在心字中间写了个囍字。我俩看了一会儿那窗子，也看了好一会儿那黑夜里的万家灯火，某种古朴的情调在心间荡漾，一时竟不知该说些什么，就都笑了。

我俩回家后三天，新冠肺炎疫情暴发了，本来正月初七八就能见面的打算，因隔离而无限拖延下去。我俩每天靠着视频通话维持着联系，这样的日子一过就是快两个月，内心的焦躁可想而知，加上那时整个社会氛围的压抑，我俩的情绪也变得很不稳定，时不时地会因一点小事情吵起来。

后来有天夜里，我俩又吵了起来，备备在那边哭，我在这边也流泪。一直到了凌晨，我俩的情绪都平复了下来。备备说这段时间，看到了太多生离死别，她觉得两个人如果能在一起，就要抓紧时间，能多黏在一起就要多黏在一起，所以等这次疫情过去了，咱俩就结婚吧。

一整个疫情期间，我也经常在思考这件事情，生命虽然漫长但又极其脆弱，人们喜欢相聚但更多的却是别离，我们是否能早一点体悟到生活的真谛，去抓住不想松开的人与事物？所以，当备备说出那句话时，我心里感慨万千，想要说些肺腑的承诺，但嘴上却只会应和着，好的好的。

一周后，我和备备把之前随便看看，但是很喜欢的那个房子交了订金，又过了一周，老家解封了，我赶去杭州找备备，拎着一行李箱的礼品，怀着忐忑的心情，正式拜见她的父母。

往后的事情不再赘述，装修房子，筹谋未来，如同一辆上了轨道的列车，平稳且按部就班地前行着，沿途风景再次后退，一晃又晃，又过了一年。

那天，在莫干山从医院接回备备和她爸爸后，我们晚上在餐厅一起吃晚饭。每年新年的第一天，也是我的生日，虽然白天发生了些意外，但备备还是给我准备了蛋糕。在许完愿吹灭蜡烛后，备备问我许了什么愿望，我说当然都是那些俗套的希望家人幸福健康之类的。备备假装生气，说你怎么没有为我许愿？我说许了啊，家人幸福健康里就包括你，因为我现在已经把你当成家人了。

对，家人，是比恋人更紧密，更浓厚，更沉淀的关系，是这个世界上最不容易被打散的关系，是哪怕有一天烦了倦了也不能分开的关系，是要肩负起责任的关系。

讲了这两年自己的人生，最后，还是要说回到《快进人生》这本书。

我快三十岁的时候，开始写它，我和朋友说，我快三十岁了，恨不得每一天都希望时间过得慢一点，但我却写了一本关于人生快进的书。

现在这本书写完了，我却不再希望时间过得慢一点了，因为这是个蠢愿望，注定不会实现。但它却在某个侧面，诚实地记录了我对时间的恐惧和对未来的焦虑，或者也可以说，它治愈了我。当我完成它后，我知道，自己又迈过了人生中的一道鸿沟，可以去向更远的地方了。

在这本书快写完的某个晚上，我一个人在阳台站了许久，仿佛突然开悟般，对年龄这件事情不再恐惧了。为何这个时代，人们对于成年人的要求是要有少年感呢？少年的清澈、天真、热血、骄傲等品质当然值得歌颂，但成熟、稳重、有担当、负责任难道就不值得称赞吗？

“旧游无处不堪寻，无寻处，唯有少年心。”是啊，当然是寻不到的，因为少年心不是用来刻意保持的，而是用来怀念的，用来警醒的，用来提醒自己，不可堕入成人世界的另一面，那里满是旋涡，蝇营狗苟。

此刻敲下这些文字的我，距离大哭的那个夜里，过去了两年，我还好好的，没有死，没有糟粕，也没有明显地老去。我所担心的那些事情也没有发生，担心思维的迟钝，担心创作者的不敏感，担心丧失热情，担心跟不上时代……

我反而感觉，现在的我比那时更打开了，前三十年，我活得像块石头，固执，尖锐，用蛮力去撞整个世界。如今却软化成了一块海绵，愿意张开怀抱去感受去吸收，去更加广博地接纳这个世界。

我能深刻地感受到自己的转变。

有时我也会问自己，三十岁后才开始转变，是不是太晚了？但另一个声音却告诉自己，不晚，什么时候转变都不会晚，因为你此刻体会到的感受，对曾经的你而言，永远都是陌生的，新鲜的，温暖的，热泪盈眶的。

最后，感谢备备和球球对于这本书的贡献，要不是她们在我写作时总是来打扰我，这本书应该会更早地和大家见面。

感谢阅读，还是希望和大家，在往后的人生里，多多相见。